1本就通

國中 英文關鍵字

用法零失誤

《英文核心動詞角色圖鑑》修訂版

前言

讓「核心概念」變得超級容易理解
這種理解動詞的方法，
與過去完全不同

　　所謂的「基本動詞」，就是指大家在國中或小學學過的 come、go、take、make 等等動詞，而大家普遍都會認為「基本動詞很重要」，或有著「學會基本動詞就可以溝通了吧」的想法，所以剛開始學英文的人也一定會很重視這部分。

　　可是學了沒多久，這些人可能就會發現，「基本」這兩個字根本是幌子，除了單字本身，其實還有記不完的字義，且這些動詞的後面只要搭配不同介系詞，就會產生一大堆討人厭的片語、慣用語，讓人頓時覺得頭痛了起來，相信這也是不少人的心裡話。這是因為，他們不知道「核心概念」是什麼。

　　因此，本書以最容易了解的方式來解說各動詞的「核心概念」。此外，我們還將各核心動詞「人物化」，換句話說，我們把動詞的「核心概念」以完全顛覆過去的「人物化」來解說。在

2

本書中登場的人物插圖，其實不只是插圖，也是能更鮮明、有效傳達動詞「核心概念」的方法。接下來再以漫畫來讓你能喘口氣，並在笑容中對這些動詞有更進一步的理解。

對於那些「在學動詞時屢屢受挫」，或一直以為 come 就是「來」、go 就是「去」的英文初學者來說，這本書可以立刻讀進心坎裡，而對於已將困難的用法熟記在心的英文達人，也會因為我們利用理論扎實地解說了每一個動詞的深奧之處，而服氣地說「原來如此！」，並因此重新打造出了一個華麗的英語世界。

因為有了這本書，各位所看到的英語世界都將變得五彩繽紛。希望有那麼一天，出現在本書中的人物們都可以自然而然地活在各位的腦海之中。

關正生
煙草谷大地

掌握動詞的核心概念
便能夠理解
各種表現用語！

即使知道某個動詞有許多意思，但很多時候無法充分理解每個意思，或者必須從上下來去理解（不是嗎？）
比方說，大家所熟知的 come 或 go，就只知道 come 是「來」，go 是「去」嗎？

come 有可能不是「來」的意思嗎？

例如，聽見媽媽呼喚
Dinner's ready.（晚餐好了喔。）
若要回答：
「這就過去。」
這時候，要怎麼說呢？

因為回答「這就過去。」
所以很多人可能會用 go，而回答
I'm going.

很遺憾，這樣答就錯了。
正確答案是用 come，
應該說
I'm coming.

如果只是死記
come 是「來」，go 是「去」的話，
真的很難理解呢！

所以很重要的是：
掌握核心概念！

come 的核心概念是「朝著中心前進」。

與媽媽對話的「中心」是「晚餐」。所以，「過去吃晚餐」的概念是「朝向中心前進」的，要用 come。

如果受中文「去」的影響而說 I'm going. 的話，就變得離晚餐的位置越來越遠了。（請見 p.16-27 的進一步說明）

詳情請看
這裡 →

come p.16

go p.22

如果能夠掌握各個動詞的核心概念，便能**理解這個動詞字彙的本質**，而不需要一一記住字典裡的每一個解釋，也能夠自然地運用。

因為越是基本的動詞，可以運用的範圍就越廣，而掌握了核心概念，便能夠輕易地理解它所衍生出的許多解釋。

意思就是不需要死記，對吧？

沒錯！如果能夠**理解各個動詞字彙隱含的核心概念**，不只能夠更容易記住其衍生意思，也能很自然地運用這些單字。

接下來就給這些動詞字彙 Check it！

核心動詞角色圖鑑
Contents 目錄

Part **1**　　　一定要學會的核心動詞

come

p.16

go

p.22

be

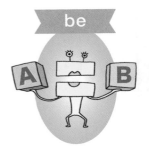

p.28

do

p.34

get

p.40

have

嘻

p.46

make

喝！

p.52

take

p.58

8

聽 p.66

listen　　hear

看 p.72

see　　look　　watch

希望 p.80

want　　hope　　wish

核心動詞角色圖鑑　Contents 目錄

Part 2 一定要知道其區別的核心動詞

說 p.88

tell

speak

talk

say

租、借 p.96

lend

borrow

rent

loan

Part 3 超好用的核心動詞

feel

p.106

give

p.112

keep

p.118

leave

p.124

let

p.130

meet

p.136

run

p.142

think

p.148

try

p.154

登場人物

關老師

持續取得 TOEIC 990 滿分的英語達人，是「從死背英語解脫」的提倡者。給予考生與所有的英語學習者最強的助力。著作達 50 本以上。興趣是撞球。

喃喃鳥

一隻會分析動詞、很有個性的鳥。別看牠外表傻楞楞的，牠一直在鍛鍊自己的英語能力。最近喜歡玩樂團。(p.133)

煙草谷老師

認為英語的世界是「簡單」、「精巧」、「有趣」的。目前於多所升學補習班執教。負責教導名校大學升學班的資優生。興趣是看 NBA 球賽。

如何閱讀及使用本書

為了能更容易地理解動詞，本書中用了許多人物與漫畫，以親切方式進行解說。

介紹 come、go、be... 等 33 個動詞。

本書分成 3 個部分。

介紹各個動詞的核心概念。讀懂了這部分，便能掌握各個動詞的「本質」。

以人物的角色扮演來表現各個動詞的核心概念。不僅讓意思變得更鮮明，也能夠簡單地掌握各個動詞的特徵。

以活躍的漫畫人物呈現各個動詞，讓您愉快地閱讀，並掌握各個動詞的核心概念。

do 的概念是「什麼都做得到」

do 從基本的「做」延伸，因為其受詞有各種可能，所以可延伸為「做任何事」。就像是撲克牌裡的鬼牌 Joker，只有一點動則限制，的功能。請加深理解吧！

① 「做・行動」

最基本的意思是「做」、「行動」。

How're you doing?
你好嗎？

直譯是「（最近）做得（do）如何（how）呢？」，也就是「（最近）過得好嗎？」的意思。

接下來，「do（做」的意思）隱含有「為～結果/完成」的意思。

Two of my reports are done,
but I still have one left to do.
我的兩份報告完成了，
但我還剩下一份要去做。

「已經做完（= 行動結果）2 份報告，但接下來還剩下 1 份必須去做（= 完成、結束）」，前半部的 do 使用被動式（are done），do 的過去分詞 done 近似於中文的「完成」。工作完成也可以用 done。

② 「各種作為」

do 以「do+名詞」的形式來表示各種作為，尤其用在「日常工作中」。例如，do one's best 這個很常見的慣用語，表示「盡（自己）最大努力」，do one's homework 是「做某人的作業」，不過，對於「打籃球」，一般會說 play basketball，用動詞 play，像這樣，在使用方式上有所限制，真的很像是 Joker 呢。

He does 100 sit-ups every night
before he goes to bed.
他每天睡覺前都要做 100 個仰臥起坐。

do sit-ups 是「做仰臥起坐」的意思。如果是「伏地挺身」，則是 do push-ups。

③ 「給」

接下來，**do** 也有「給」的意思。在這之前，先來說明一下英文的句型規則，在「S+V+人+物」的句型中，V 都有「給」的意涵。例如，「teach 人+物」（教導某人某事物）→「給某人～（知識等）」，「show 人+物」（給某人某物的觀覽情報）→「讓某人～看」等，都有「給」的核心意義，而其實 do 也有這樣的用法。

Will you do me a favor?
你可以幫我個忙嗎？

Will you do me a favor?（你可以幫我個忙嗎？）或許有人會把這句話死背起來，但如果注意到「句型」的話，會發現 do me a favor 這部

試著用 do 來表達吧！

【做・行動】
He is doing well at his new job.
他在他新的工作上做了不少事情。

【各種作為】
My wife cooks, and I do the dishes. That's our agreement.
我太太煮飯，我洗碗是我們家的約定。

【給】
This picture doesn't do her justice. She is much more beautiful in real life.

解說各個動詞。在讀過實用的例句之後，必能更深刻理解。

這裡有不同於教科書裡的例句，讓您實際運用時看見更豐富的變化。

Part2 是…

選出 5 組類似意義的動詞，像是「聽」的 hear 與 listen、「看」的 see、look、watch 等，除了介紹各自的意思，並明確地區其微妙的差異，讓您更容易分辨它們的用法。

看
see
look
watch

see 核心概念是 映入眼簾
see

look 核心概念是 四處張望
look

watch 核心概念是 一直盯著
watch

英文裡表示「看」的動詞很多，這裡介紹的有 see（映入眼簾）、look（四處張望）以及 watch（一直盯著）三種，讓我們從其核心概念來理解它們衍生出來的意思吧。

13

Part 1

一定要學會的核心動詞

像 come、go、do、take…這樣的動詞，有很多人應該都會說「我都知道意思啊！」。不過，這些動字的運用的範圍相當廣泛，如果只知道代表性的意思，會發現有許多用法難以理解。因此，在了解這些單字的代表性意思後，來深入理解其核心意義吧！

來看看精選的 8 個基本動詞吧！

come p.16

朝向
中心而去

go p.22

離開
中心而去

be p.28

是，等於
A=B

do p.34

全部都做得到

get p.40

得到，取得～
（所有物品）

have p.46

擁有

make p.52

努力／
用力去做

take p.58

從幾個當中
拿來（選取）

come

核心概念是 朝向中心而去

come 並不只表示「來」，其實也有「去」的意思。乍看之下，可能會有「怎麼是相反的意思？」的疑問，如果以「朝向中心而去」來思考，就可以輕鬆理解了。

come
史密斯家養的狗，名叫 Goro。單戀貓咪 Maggy（p.22），只要看到她，就會衝上去說 I'm coming! 總是「跑過來」或「衝過去」而且總是「朝著喜好的事物」過去。牠被稱為幸運之犬。

＊參考 P.19「去」的說明

come 的概念是「朝著某個中心而去」

come 的核心概念是「朝著某個中心而去」。狗兒恰恰就是朝著呼喚牠的主人（= 中心）而去。掌握這樣的概念後，繼續來看看它各種不同的用法。

❶「來」

基本的意思是「來」。只要比照中文裡「來」的感覺來使用即可，這是很簡單的。

Come to Taiwan!
來台灣吧！

這是邀約在海外的朋友來台灣玩的的表達用語。**從「來台灣吧！」這句話來看，「我現在說話的位置」，就是話題的「中心」。所以用 come**。接著，再來看看日常會話中常用到的表達用語吧。

Come and see me sometime.
找時間來看我喔。

也常見 come to see me.（來看我吧。）的用法，不過也許連母語人士都覺得這裡的不定詞（to-V）to see 有點不順口，或者多了個對等連接詞（and）的話（come and see me）也挺麻煩，而且它們本身沒有太大意義，所以往往會將這裡的 to 或 and 省略掉，而形成「come + 原形動詞」的用法：Come see me sometime.。附帶一提，這個用法經常在 TOEIC 的聽力測驗中出現。

❷「去」

come 視狀況也可以解釋成「去」的意思。

羅密歐 **Come down here, Juliet.**
I have something to tell you.
下來這裡吧，茱麗葉。我有話要告訴妳。

茱麗葉 **I'm coming down now.**
我這就下去。

　　對話的「中心」是羅密歐的所在位置。因此，當羅密歐說「來我這裡（＝中心）時，這是「朝著中心前去」的概念，所以要用 come。就茱麗葉的回答內容，是「往羅密歐的方向（＝中心）前進」，所以不是用 go 而是用 come。如果按照中文「我這就下去」的「去」，而說成說 I'm going down now. 的話，意思變成茱麗葉「離開羅密歐（＝中心）」，這是完全相反的回答了。

❸「成為～」

　　come 也經常出現在「come+形容詞」的用法中。這個用法也可以想成「朝著～的中心（或狀態）而去」，而衍生出「成為～」的意思。

**The investor's prediction came true and
the stock price doubled.**

＊ stock price = 股價／ double = 增加一倍

那位投資人的預測成真，且股價翻了一倍。

　　這個例句是，「這位投資人的預測，往 true 的方向而去」→「預料成真」、「料中了」的意思。

有名的慣用句 Dreams come true.（夢想成真。）也不過就是「夢想往 true 的方向而去」→「夢想成真」而已。**「come+形容詞」表示「成為~」的意思，因為 come 具有「朝著中心而去」的核心意義，所以經常會用在「變化成好事」的表現用語上。**

另外，come of age（成年）也是常見用語。of age 是「達到成人年齡的，成年的」的意思。

When Japanese people come of age,
they dress up in kimonos.

當日本人成年時，他們會穿上和服。

come of age 這個慣用語，雖然在日常會話中不會頻繁出現，但在儀式或宗教場合經常用到。因此，未來在這樣的場合中介紹本地文化時，可以派上用場喔！

當你知道 I'm coming! 是將 come 用來表示「去」時，你的英文程度又更上一層樓囉！

試著用 come 來表達吧！

【來】

Come pick me up.

來接我。

＊這是從 Come to/and pick me up. 中省略掉 to/and 的句子。附帶一提，pick up 原本是撿（pick）起來（up），其後受詞為「人」時，變成「接人」的意思。

【去】

Masaki　I really miss you, Anna.

　　　　我好想妳，Anna。　　＊「miss +｜人｜」= 思念某人

Anna　I'm planning to come to L.A. next month.　＊plan to = 計畫要去做～

　　　　我下個月正打算要去洛杉磯。

＊Masaki 住在洛杉磯，Anna 在另一個地方。Anna 要朝著話題中心（Masaki 的所在地）而去，所以要用 come，這裡解釋為「去」。

【變成～】

His dream of becoming a movie star came true.

他想要成為電影明星的夢想成真了。

＊dream of... 是「～的夢想」的意思。試著用來表達自己夢想的實現吧。

go

大家對於 **go** 所熟知的意思都是「去」，而它的核心概念是「離開中心而去」。因此，像是「倒閉」等有負面意義的單字，也都跟它有關喔！

go

貓咪 Maggy 與 Goro 一樣，都是史密斯家的一員。她經常不見蹤影，每次總是會發生 Maggy has gone!（Maggy 不見了！）等亂糟糟的事。當她跳過來、跳過去的時候，究竟會發生什麼糟糕的事呢？

＊參考 p.24「去」的說明

go 的概念是「離開某個中心而去」

go 的核心概念是「離開中心而去」，就像我行我素的貓咪 Maggy 給人的印象，即使主人呼喚她，還是離開主人（＝中心）而去。只要能夠掌握這樣的核心概念，就可以理解其各種用法。

❶「去」

首先，我們都知道 **go** 的基本意義是「去」，在日常生活會話中很常用到。比方說，I go to school.（我去學校／我去上學。）在此我們就來看看它的 3 種表現方式。首先，來看看在速食店的情境。

客人　**I'd like a double cheeseburger, large fries and a chocolate shake.**
我想要雙層的起司漢堡、
大薯以及一份巧克力奶昔。

店員　**Is that for here or to go?**
要內用還是外帶？

店員說 Is that for here or to go?（內用還是外帶？）是對話的重點。直譯是「那是為了在這裡吃嗎（**for here**），還是要離開這裡吃（**to go**）。這句也經常簡單說成 For here or to go?

「外帶」就是為了表達「離開」的意思，也可以表示「消失不見」。

My toothache has gone.
我的牙痛消失了／我的牙齒已經不痛了。

「牙痛消失了」→「牙齒不痛了」的意思。has gone 為「現在完成式」的時態，表示「～已經消失了」的意思。

另外，「**go to/and** + 原形動詞」表示「要去做～」，在日常會話中很常見。和 come 的用法一樣，可刪除 to 或 and，形成「**go** + 原形動詞」的用法。

Let's go eat lunch.
我們去吃午餐吧。

❷「進行」

從「離開中心」演變成「（事情）進行中」的意思。

How's it going?
情況如何？

it 在文法中稱為「情況的 it」，用來表示當下的「狀況」。直譯是「狀況（**it**）進行得（**go**）如何（**how**）」。所以它的意思和問候他人「你好嗎？（**How are you?**）」一樣。How's it going? 這句話也常與 with（關於～）連用。

How's it going with your diet?
How much weight have you lost so far?
你的節食計畫進行得如何？
你目前已經減輕多少體重了？

直譯是「關於你的節食計畫（**with your diet**）狀況（**it**）進行得如何

（**how**）呢？」with 的後面可接各種名詞，可以解釋為「關於～」。

❸「成為～」

「**go + 形容詞**」的句型也很常見。只要想成「（離開中心）往～狀態而去」→「成為～」就 OK 了。在這樣的用法中，由於 go 本來具有「離開中心」的隱含意思，因此可用來表示「（離開原本狀態）變化為壞的狀況」。

The company went bankrupt just three years after the founder's son took over the company.

＊ founder = 創立者／take over = 繼承

這家公司在其創辦人的兒子接管公司僅僅 **3** 年之後就倒閉了。

go bankrupt 是「倒閉」的意思。意思是「離開原本正常的狀態往倒閉的方向而去」，所以要用 go。

雖然 come 也有「成為～」的意思，但差別在於 come 通常表示變成「好的狀態」，go 則是「變成壞的狀態」。

試著用 go 來表達吧！

【去】

Please go. I'm too upset to talk to you right now.

請你離開。我心情很差,現在無法和你說話。

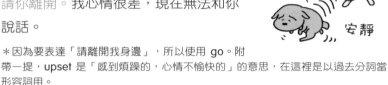

＊因為要表達「請離開我身邊」,所以使用 go。附帶一提,upset 是「感到煩躁的,心情不愉快的」的意思,在這裡是以過去分詞當形容詞用。

【進行】

So far, everything is going well with my new job. Thanks for asking.

目前為止,我新的工作一切都進行順利。謝謝關心。

＊直譯是「關於我新工作(with my new job)的一切(everything)都進行得很順利(going well)」。中文也常聽到「順利進行中」。附帶一提,Thanks for asking. 表示「感謝詢問」、「感謝(您的)關心」。

【成為～】

Everything started to go wrong when my e-mail account got hacked.

當我的電子郵件帳號被駭時,所有事情開始變得不對勁。

＊go wrong 是「不對勁,出差錯」的意思。概念是「離開正常的狀態,前往 wrong 的方向而去」→「變得不順利」。動詞 hack 表示「劈打,駭入(不正當侵入)」。

27

be

This is a pen. 當中的 **be** 動詞，有「=」的意思，進而衍生出「存在」、「去，來」等意思，甚至可運用的範圍更廣。現在就來精通這個超基本的動詞 **be** 吧。

be

「Mr. 相等」是動詞協會的大老。他經常以「A is B」的句型，全心全力地維持著「A=B」的動作。他這項特技配合「時態」，自在地改變形態。不過，他的存在感薄弱，我們經常看不到他的存在。

＊參考 p.30「等於」

be 的概念是「等於、A=B」

莎士比亞的《哈姆雷特》中有一句名言：**To be or not to be: that is the question.**（要活著還是不要活著，這是個問題。）。所以這裡的 **be** 是「活著，存在」的意思。而電影《魔鬼終結者》有一句「**I'll be back.**」（我會再回來。）當中的 **be** 是「來」的意思。像這樣，**be** 動詞從「**=**」的意思延伸出來，運用在各種場合。讓我們繼續用例句來確認吧。

❶「等於」

be 動詞最基本的意義就是「等於」，常以「A is B」的型態來呈現「A=B」的關係。

Jun is a party animal.

Jun 是個派對狂。

這句話表達「**Jun = Party animal**」的關係。附帶一提，party animal 是「派對狂（年輕人用語，形容在派對或俱樂部等飲酒、玩鬧的人）」。

be 動詞相當於數學當中的等號（**=**），也是個存在感很薄弱的單字。在實際會話中有時會被直接省略掉。

You liar! You said you would meet me at 6 o'clock, but you never showed up!

* meet = 迎接／show up = 出現

你這騙子！你說過 6 點要和我見面，但你根本就沒出現！

例句中的 You liar! 是原本 You are a liar! 省略 be 動詞 are 後的結果。

>
> 如大家所知，be 動詞會依主詞以及時態的不同，而有完全不同的型態呈現。例如，主詞是 I 時要用 am，He 的時候用 is。

❷「存在（是，在）」

其次是「存在（是，在）」的意思。be 動詞的後面經常接表示地方的形容詞（片語），意思是「A = 在某場所 的」→「A 在某場所」。

My guitar is under my bed.
我的吉他在我的床底下。

「我的吉他 = 在床底下的」→「我的吉他在我的床底下」。前面提到的「To be or not to be」也可以解釋成「該存在（=該活著）或不該存在（= 該死掉）」。

說到「存在」，應該再聯想到「There be 句型」，但請記得，**There is/are** 的後面要接「不特定名詞（**a +** 名詞 或 **some +** 名詞）。」例如 **There is a guitar under my bed.**。如果是「the + 名詞」或「my + 名詞」等「特定名詞」的形式，就必須如同先前的例句 My guitar is under my bed.，以「S + be 動詞 + 地方副詞（片語）」來表示。

❸「去，來」

be 動詞除了「存在（於某場所）」之外，還可衍生出「去，來」的意思。例如，本來的意思是「明天會在某個地點」，那麼也可以說成「明天會去某個地點」，**此時，常常會與 back、home...** 等副詞連

be

① 一定要學會的核心動詞

用。前面提到過的 I'll be back.，就是從原意的「將來（will）我會回到原處（back）存在（be）」，演變成「回來」的意思。

Excuse me for a moment.
I'll be back in two minutes.

抱歉請稍等一下。我兩分鐘後就回來。

副詞 **back** 是「回來，回到原處」的意思，「我會回到原處而存在」→ 表示「回來」。此外，介系詞 in 在這裡表示「在～（一段時間）之後」，常見於日常會話中。附帶一提，**I'm home.** 是「我回到家了」，這裡的 **be** 動詞 **am** 也是同樣用法，home 其實常當作副詞用，表示「在家裡」。「我在家裡」→「我回到家了」。

試著用 be 來表達吧！

【等於】

I am a robot.

我是個機器人。

＊或許會有機器人這麼說吧。附帶一提，以掃地機器人「Roomba」知名的 iRobot 公司，令人懷疑是不是原本就是由 I am a robot. 省略掉 be 動詞而成為 I robot。

【存在（是，在）】

My car is in the parking lot.

我的車在停車場。

＊「我的車 = 在停車場」→（意思是）「我的車在停車場」。主詞是「特定名詞（My car），形成「S + be 動詞 + 地方副詞（片語）」的句型。

【存在（是，在）】

There is a red sports car in the parking lot.

停車場有一部紅色跑車。　＊parking lot 停車場

＊主詞是 a red sports car（一部紅色跑車），因此用「There is a + 名詞 + 地方副詞」的句型來表示。

「我 1 小時後就會回到家。」是 I'll be home in an hour.

home 當副詞，意思是「在家」，in 是「在～（多久時間）後」的意思。

do

do 從單純的「做」的意思，到涵蓋「做○○」的動作，然後延伸到「全能」的意思，是個超好用的動詞。**基本上和中文的「做」是相同的用法。**

do

鬼牌先生（Mr. Joker）。他什麼事都能做到，由於這份能耐而受到重視。他為紅磚家和黑桃家工作，唯獨不精通球技，但因為有專屬的角色，可以擔任這部分，也很足夠了。興趣是健身。

*參照 p.36、p37 的「做」、「行動」、「各種作為」

do 的概念是「什麼都做得到」

do 從基本的「做」延伸，因為其受詞有各種可能，所以可延伸為「做任何事」。就像是撲克牌裡面的鬼牌 Joker，是「什麼都可以壓，只有一點點限制」，請掌握這個印象，加深理解吧！

❶「做，行動」

最基本的意思是「做」、「行動」。

How're you doing?
你好嗎？

直譯是「（最近）做得（do）如何（how）呢？」，也就是「（最近）過得好嗎？」的意思。

接下來，**do**（「做」的意思）隱含有「將～結束／完成」的意思。

Two of my reports are done,
but I still have one left to do.
我的兩份報告完成了，
但我還剩下一份要去做。

「已經做完（= 行動結束）2 份報告，但接下來還剩下 1 份必須去做（= 完成，結束）」。前半部的 do 使用被動式（are done）。**do** 的過去分詞 **done** 近似於中文的「完成」。工作完成也可以用 **done** 來表示。

❷「各種作為」

do 以「**do**+名詞」的形式來表示各種作為，尤其用在「日常工作中」中。例如，do one's best 這個很常見的慣用語，表示「盡（自己）最大努力」，do one's homework 是「做某人的作業」。**不過，像是「打籃球」，一般會如 play basketball，用動詞 play。**像這樣，在使用方式上稍有限制，真的很像是 Joker 呢。

He does 100 sit-ups every night before he goes to bed.

他每晚睡覺前要做 100 個仰臥起坐。

do sit-ups 是「做仰臥起坐」的意思。如果是「伏地挺身」，則是 do push-ups。

❸「給」

接下來，**do** 也有「給」的意思。在這之前，先來說明一下英文的句型規則。在「**S+V+人+物**」的句型中，**V** 都有「給」的意涵。例如，「teach +人+物」（教導某人某事物）→「給某人～（知識等）」。「show +人+物」（給某人某物的視覺情報）→「讓某人看～」等，都有「給」的核心意涵。而其實 do 也有這樣的用法。

Will you do me a favor?

你可以幫我個忙嗎？

Will you do me a favor?（你可以幫我個忙嗎？）或許有人會把這句話死背起來，但如果注意到「句型」的話，會發現 do me a favor 這部

分是「V + 人（me）+ 物（a favor）」的結構。所以這裡的 **do** 有「給」的意思，字面意思是「給（**do**）我（**me**）一個恩惠（**a favor**）」因此引申為「幫我一個忙」。

❹「也行，辦得到（代替出現過的動詞）」

最後，**do** 可以用來「取代前面出現過的動詞」。也就是說，為了美化字句，避免用字重複，因此在這部分，它的意思必須根據前面動詞來解釋，這也表現出「全能」的感覺了。

> **The cake will be moister if you make it with honey, but if you don't have honey, ordinary sugar will do.**
> 如果你將蛋糕淋上蜂蜜，它會變得更濕潤，
> 但如果你沒有蜂蜜，普通的砂糖也 OK。

「普通的砂糖也行」→「普通的砂糖也 OK」。砂糖的「全能」感，以 **do** 來表現。moister 是 moist（帶有濕氣、濕潤的）的比較級。

牛排煎到全熟的狀態，用 well-done 表示，也就是 ❶「做」的 do，「充分（well）煮熟（done）」隱含著「完成了」的意思。

試著用 **do** 來表達吧！

【做，行動】

He is doing well at his new job.

他在他新的工作上表現不錯。

＊「他在他新的工作上做得很好（在新工作上付出好的行動）」→「表現不錯」的意思。

【各種作為】

My wife cooks, and I do the dishes. That's our agreement.

我太太煮飯，而我洗碗盤。這是我們約定好的。

＊do the dishes 是「洗碗盤」的意思。agreement 是「協議」的意思。「那是協議」→「那是約定好的事」。

【給】

This picture doesn't do her justice. She is much more beautiful in real life.

她這張照片拍得不太好。她實際上漂亮多了。

＊do her justice 是「do+人（her）+物（justice）」的句型，這裡的 do 有「給」的意涵。直譯是「這張照片並沒有給她公道（justice）」。例如，明明別人都拍得很好看，只有她拍得不好，就變成沒有給她「公道」了。

get

核心概念是 什麼都要拿到

在英文裡，**get** 的運用範圍極為廣泛。不只是對於「物」的 **get**，對於「感情、傷痛、狀況」等抽象名詞，也都會與 **get** 搭配使用。學完本章之後，相信您對於 **get** 的理解也會更深刻。

get

統治加勒比海的海盜 Basil。天一黑，就貪婪地到處去 get 寶物。或許是壞事做太多的現世報，最近 get 了腰痛和肩痛。每天都得不厭其煩地清理自傲的牙齒。

＊參照 p.43「得到（抽象的事物）」

get 的概念是「什麼都要拿到」

get 表示「得到」，不只是物品，舉凡心情或各種抽象狀態等，都可以用它來表達。就如同這位貪婪地想得到所有東西的海盜。除此之外，get 也有「成為～」的意思（用於 SVC 句型），以及「使～（成為某狀態）」（用於 SVOC 句型）。

❶「得到（具體的東西）」

首先，最基本的意思是「得到，獲得」，這可以表現在具體與抽象的「得到」。因此，get 後面可以接「實體物」或「感情、疼痛…」等抽象事物。

I got new glasses for my birthday.
How do they look?

我收到的生日禮物是新眼鏡。看起來如何？

「得到眼鏡」→「收到眼鏡」。還有，這裡的 look 是「看起來」的意思。而在日常生活中經常使用到的還有以下的表達方式。

Do you get it? / Get it?

你懂了嗎？

例句中的 it 表示「剛剛說的事情」。「可以（在腦子裡）得到我剛才的說明（it）嗎？」→「聽懂了嗎？」。中文的動詞沒有現在式、過去式之分，但在英文裡通常用現在式 **Do you get it?** 來問，而要回答「我懂了。」的時候，一般會用過去式 I got it.（但用 I get it. 現在式回答也

OK）。

　還有，I get/got it. 也可以用來表示「記住（指示）」→「明白」的意思。

> 使用現在完成式的 I've got it.，常用來表示「包在我身上」的隱含意思。

❷「得到（抽象的事物）」

就像是肩痛這種並非有意得到的事物，也可以用 **get** 來表示。

She got sore shoulders from lifting some heavy boxes.
＊sore 痛的／from 因為～原因

她因為搬一些重的箱子而感到肩膀疼痛。

　get sore shoulders 是「得到疼痛的肩膀」→「感覺肩膀疼痛」的意思。

❸「成為～」

get 和 **come**、**go** 一樣，都有「成為～」的意思，「**get+形容詞**」的句型表示「get 到～的狀態」→ 解釋為「變成～」的意思。

My wife got angry when I told her
I spent 100,000 yen on a pair of shoes.

當我告訴我太太我花了 10 萬日圓買了一雙鞋時，她非常生氣。

　「得到／變得生氣（angry）的樣子」→「感到生氣」。
　其他還有 get dark（變暗）或 get better（變得更好）、get worse

（變得更糟）、get lost（迷路、迷失方向）等。**同樣表示「變成～」的動詞還有 become。但 become 表示「永遠地改變」，而 get 通常表示強調「一時之間的變化」**。

❹「使／讓～（成為某狀態）」

最後，**get 可用於 SVOC 的句型。也就是「讓 O（受詞）成為 C（補語）的狀態」→ 就想成「讓 O 成為 C」就 OK 了**，也等同於 have、make 等使役動詞的用法。

I get my teeth cleaned every six months.

* every = 每～

我每六個月會去洗一次牙。

「get+O（my teeth）C（cleaned）」表示「讓 受詞（my teeth）成為（被清潔的狀態）」→「洗牙」。在這裡，因為是**表現「牙齒被洗」的被動關係，所以要用過去分詞 cleaned**。附帶一提，這時候的 get 也可以替換為 have (p.50)。

試著用 **get** 來表達吧！

【得到（抽象的事物）】

She got a headache from the construction noise.

她因為施工噪音而感到頭痛。

＊get a headache 是「感到頭痛」的意思。請想成「得到頭痛」→「感到頭痛」。附帶一提，from... 表示「原因是～」。

【成為～】

It's getting dark. I can't see the ball anymore. Let's go home.

天黑了。我再也看不到球了。我們回家吧。

＊get dark 是「變暗」的意思。「得到暗的狀態」→「變暗了」。進行式 It's getting dark. 表示「正慢慢變暗中」。

【成為～】

He's really nice when you get to know him.

當你漸漸認識他，就會知道他人確實很好。

＊像這樣的表達用語在日常生活中很常見。要表達的是，「認識越久，越會發現他是個好人」。

【使／讓～（成為某狀態）】

Tracy got her car's oil changed.

Tracy 更換了她車子的機油。

＊「get + O（her car's oil）C（changed）」的句型。在此表示「使機油被換掉」的被動關係，使用過去分詞 changed。

have

表示「擁有」的 **have**，和 **get** 一樣，後面可能接物品、疾病、天候狀況等具體或抽象名詞。但相對於 **get (p.40)** 比較強調「動作上的」的「取得」，**have** 則單純地表示「擁有」。

嘻

have
袋鼠 Me。常會以為他的袋子裡裝的是小袋鼠，其實除此之外還有很多東西。和 get、make 同樣都可用於 SVOC 的句型。找人幫忙辦事的手腕是無人可比的。

*參照 p.49「有（疾病、災害、想法等）」

have 的概念是「擁有」

have 不只是「擁有」，也表示「吃」、「經歷」、「被害」等許多意思。請想像口袋裡面擁有許多物品的袋鼠，然後學習 have 的各種用法。

❶「擁有（具體的東西）」

have 的運用範圍比中文的「有」更廣。例如，中文說「我養了一隻狗。」這裡的動詞「養」在英文裡，用 have 就可以了，它的說法是 I have a dog.。

I usually have lunch at about 1:30 to avoid the lunch rush.
我通常大約在下午一點半吃午餐，
以避開午餐的尖峰時間。

「擁有午餐的時間」→ 引申為「吃午餐」。表示「吃」的動詞有 eat。**eat** 可直接表示「吃」的行為，但是在比較正式的場合時，經常會使用 **have**，接近中文裡「用餐」的正式說法。此外，若主詞是事物，「事物＋have～」表示「某事物有～」的意思。

Dubai has the tallest building in the world, Burj Khalifa.
杜拜擁有全世界第一高樓——哈里發塔。

例句的主詞是一個「地方（＝物）」。無論主詞人或是物，**have** 都

48

表示「擁有」，是很好用的一個動詞。

❷「有（疾病、災害、想法等）」
have 後面接疾病名詞時，也可解釋為「罹患」。

She has pollen allergies.
她有花粉症。

> 同樣地，have 也用於 have a headache
> （頭痛）、have a stomachache（肚子
> 痛）、have a fever（發燒）等。

「擁有天然災害的經驗」→「經驗過～」的意思。

I heard you had a big earthquake in Japan.
* earthquake 地震

我聽說你在日本經歷了一場大地震。

此外，**have** 也可以用於「有個想法」的表達。

I have no idea where I put my keys.
我不知道我把鑰匙放到哪去了。

    例句中的 have no idea 是「沒有想法」→「不知道」的意思，從原本的英文 I have no idea of where I put my keys. 中，省略掉 of（這裡的 of 是「同位」的用法，表示「～的（想法）」說明前面名詞 idea 的內容）。

❸「使／令／讓～（被～）」

　　have 也可用於 **SVOC** 的句型。「讓 **O** 有 **C** 的狀態」→「讓 **O** 去做 **C**」、「讓 **O** 變 **C**」的意思。make 也有相同的用法（p.56），相較於 make 通常表示「硬要使～」，have 經常用於獲取「利益」或「受害」的時候，也就是「擁有利益」或「受到傷害」的表達用語。

I had my iPhone's battery replaced for free.

＊ replace 交換／ for free 免費

我將我 iPhone 的電池**免費**更換了。

　　以「have O（my iPhone's battery）C（replaced）」的句型，表示「使我的 iPhone 電池（my iPhone's battery）成為被換掉（replaced）的狀態」→「叫人換掉電池」的意思，要表達的是「讓電池被替換」的被動關係，因此用過去分詞 **replaced**。此外，「我去剪頭髮了。」可以說 I had my hair cut.，因為「頭髮被剪」，所以用過去分詞的 cut。

嘻嘻

試著用 **have** 來表達吧！

【擁有】

May I have your name and telephone number please?

我可以請教一下您的名字與電話號碼嗎？

＊What's your name? 就好像問人家「你叫什麼名字？」，聽起來不是很有禮貌。
May I have your name? 是較為尊敬的用語，相當於「請教尊姓大名？」。

【使／令／讓～（做～）】

I'll have Ken e-mail you the file.

我會請 Ken 把那個檔案 e-mail 給你。

＊「have O（Ken）C（e-mail）」的句型。動詞 e-mail 表示「發送電子郵件給～」，「e-mail +人+物」是「以電子郵件發送某物給某人」的意思。「Ken 發送電子郵件」表示主動關係，所以用原形的 e-mail。

【使／令／讓～（被～）】

I had my wallet stolen from my car.

我的錢包從我的車裡被偷走了。

＊這也是「have O（my wallet）C（stolen）」的句型。表示「錢包被偷」的被動關係，須用過去分詞 stolen。have 在此有「使～受到傷害」的含意。

have

① 一定要學會的核心動詞

make

除了大家都會想到的「製造，做出」之外，make 也有「思考，認為」以及「使得／造成～（狀態）」的意思。不過，要記住的是「施以強力、很有力」的核心概念。

make
一身是勁的鍛冶工匠，用力捶打，就連硬邦邦的鐵塊也能自由控制。不過他自認為功夫好不是靠蠻力，而是努力的結果。口頭禪是「你覺得～如何？」

* 參照 p.54「做出」

make 的概念是「努力／用力去做」

　　make 最基本意思就是「製造，做出（物品等）」的意思。例如，My mom makes the best cheese.（我媽媽做出最棒的起司蛋糕。）除了「做出」之外，它還有許多意思，想像著把鐵燒熱，使力做出某種形狀的鍛冶工匠，也就能夠簡單理解每個意思了。

❶「做出」

make 是大家再熟悉也不過了的動詞，基本上它有「用力」的隱含意義，因此其相關片語有很多是伴隨著「努力」的含意。例如，make an effort（努力）、make money（賺錢）等。

Please make an effort **to be on time in the future.**

＊ on time 準時

未來請努力養成準時的習慣。

make an effort to-V 是「努力去做～」的意思。

與 **make** 相關的慣用語，還有 **make it**。it 表示「（當下的）狀況或目標」。「努力將這個狀況或目標做出來」→ 衍生為「做到了，達成了」。然後可以用「做到了」的概念運用於像是「搭電車」的狀況 → 表示「趕上」，或是「達成了公司的工作目標」→ 表示「出人頭地」等意思，只要能夠掌握「努力做到」這個意思，就能輕易理解各種衍生意思。

There was a traffic jam
but we still made it to the airport in time.

雖然有塞車，我們還是及時趕到了機場。

make it to... 是「趕到～」的意思。這個例句要表達的是「努力抵達、做到（＝趕到）」。

❷「思考，認為」

make 可用來表達「思考，認為」，通常用於 make A of B （認為 B 是 A ）的用語。這裡的 of 相當於 be made of...（以～材料製造）的 of，本來的意思是「以 B 為材料做出 A 」→ 衍生為「認為 B 是 A ／將 B 思考為 A 」的意思。如果將 A 取代為 what，改為疑問句，這也是很常見的用法。

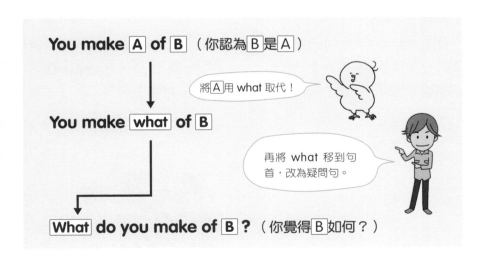

You make A of B （你認為 B 是 A ）

將 A 用 what 取代！

You make what of B

再將 what 移到句首，改為疑問句。

What do you make of B ? （你覺得 B 如何？）

來看看實際上在會話或新聞中常用到的句子。

A **What do you** make **of these tire tracks, detective?**　＊track 痕跡／detective 警探

警探，你對這些輪胎的痕跡有什麼想法？

B **They must be from the burglar's car.**

＊ must 一定是～／ burglar 小偷

一定是來自竊賊的車。

❸「**使得／造成～（狀態）**」

用於「make O（受詞）C（補語）」的句型，表示「使得 O 成為 C 的狀態」。

His rude comments made me angry.

他無禮的發言令我憤怒。

運用「make O（me）C（angry）」的句型，形成「他無禮的發言（His rude comments）使得我（me）進入憤怒（angry）的狀態」的意思→「他無禮的發言令我憤怒。」。附帶一提，「**S + make + OC**」的句型，也可以視為「由於 **S** 使得 **O** 成為 **C**」的意思。

試著用 make 來表達吧！

【做出（片語）】

Can you make it to soccer practice on Wednesday?

你週三可以來參加足球練習嗎？

＊「週三做得到（make it）嗎？」→「週三方便嗎？」的意思。

【使得／造成～（主動狀態）（使役動詞）】

What makes you think he is lying?

為什麼你認為他在說謊？

＊這是 SVOC 句型。「什麼（what）使得你（you）認為（think...）～的狀態？」→「為什麼你會認為～」的意思。因為「你認為」是主動關係，受詞補語使用原形動詞 think。

make 當使役動詞也很常見。例如，The message made me feel relaxed.（這個訊息讓我覺得放鬆了。）

＊因為是「我感到放鬆」的主動關係，所以用原形的 feel。

【使得／造成～（被動狀態）（使役動詞）】

I couldn't make myself understood.

我無法讓別人了解我說的話。

＊make oneself understood 表示「使自己被了解」。因為是「自己所言需要被了解」的被動關係，所以用過去分詞 understood。

take

take 也有「拍照」、「花費～（時間）」…等各種意思。雖然會有不同的解釋，若是從核心概念的「從幾個當中拿來」來思考，就能夠輕鬆掌握它們的意思。

take

世紀神偷「Take 三世」，其犯案風格是從許多物品當中，只選出自己認為獨一無二的寶物偷走，這正是他獨特的偷竊哲學。只不過在挑選寶物的時候經常想太久，以致花費太多時間而偷雞不著食把米。

① 一定要學會的核心動詞

因為要思考很久… 篇

我是紳士怪盜 Take 三世！

我的哲學就是只拿走經過我精挑細選後、最棒的東西*。

寶石

嘛…這顏色
這也太樸素……
這個如何？
好像有點俗？
這個嘛…
猶豫
躊躇
遲疑

好，就偷這個！ I'll take it *

骷髏頭很酷！

扣上！！

咦？

哇

扣上？

你花太多時間了。*

還沒學乖？

笨

59

*參照 p.60「（從幾個當中）拿來（選取）」、p61「花費時間」

take 的概念是「從幾個當中拿來（選取）」

大家都知道 **take** 的意思是「拿、取」，但為何有時候在句子翻譯中會有「選取」的意思？只要心中想著這位「從許多寶物中拿走自己想要的東西」的怪盜就行了，一起來看看它衍生的各種意思吧。

❶「從幾個當中拿取」

首先，**take** 最基本意思是「（從幾個當中）拿取」。

I take the bus to work.

我搭公車去上班。

「（從幾種交通工具中）選擇巴士」→「搭乘巴士」。介系詞 to 表示「前往、去～（地方）」，直譯是「我選擇搭公車，前往上班的地方」。

另外，還有 take a exam，字面意思是「拿取一項考試」→「參加考試」；take a picture「（從幾個留下紀錄的方法中）拿取照片（的行為）」等，都是以「選取」為核心概念。

在許多 **take** 相關的片語中，也都可以從「選取」的方向來理解。例如，take over（繼承）是「選取（take）來自上面的（over）工作」之意。而 take one's time（慢慢來）直譯是「選取自己的時間（來做事）」。

❷「選擇」

動詞 **take** 有時在句子的翻譯中，會有「選擇」的解釋，這也可以從「（從幾個當中）選取」來延伸思考就 **OK** 的。以下是出國旅行時可以派上用場的例句。

I'll take this one.

（在商店裡）我就要這個。　　＊決定要買的時候。

從數個選項中「選取 **1** 個」的概念。當然也可以用 buy，但就像中文的說法，如果是對店員說「我買這個。」相較於「就這個吧。」，後者聽起來會更道地一點。

❸「拿走，取出」

接著是表「取出、拿走」的 take。

Take an umbrella with you.

帶把傘在身上吧。

直譯是「和你一起（with），（從數個可帶走的東西中）選取雨傘。」加上 **with you** 時，這個 **take** 就不只是「拿取」的意思，還有「帶在身上」，這樣意思就更明確了。

❹「花費時間」

take 還可用於「 **It takes +** 人 **+** 時間 **+ to-V**」的句型，表示「做～讓 人花費～（多久） 時間」。這也是從「取走時間」→ 衍生為「花時間」。It 是虛主詞，to-V 是真正的主詞（真主詞）。

It took me ten minutes to solve the problem.

我花了 **10** 分鐘解決了那個問題。

「解決那個問題取走了我 10 分鐘的時間」→「我花了 10 分鐘解決問題」這樣想就 OK 了。

❺「思考，理解」

關於表示「思考，理解」的 take，可以從「拿過來放在心上」→「想」、「理解」來思考，就可以了。

Take it easy.

放輕鬆點。

直譯是「拿走（take）那個狀況（it）時放輕鬆點（easy）」→「放輕鬆，別太在意」的意思。

從現在開始，看到 take 就想起「（從數個當中）拿來（選取）」吧。那麼大致的意思都可以理解了。

試著用 take 來表達吧！

【（從數個當中）拿取】

Take this medicine three times a day.

這藥 1 天吃 3 次。

＊「取藥來吃」的概念，就像中文也有「服藥」的說法。

【花時間】

When I got back to Japan, it took me a few days to recover from jet lag.　＊jet lag 時差

當我回到日本時，我花了幾天的時間來調整時差。

＊「It takes ＋人＋時間＋to-V」是「做某事花費某人多久時間」的句型。

【思考，理解】

Do you take me for a fool?

你當我是笨蛋嗎？

＊「take A for B」是「視 A 為 B」的意思。for 表示「交換（與～交換）」，「將 A 換成 B 這件事放入心中」→「認為 A 是 B」。

【思考，理解】

I take it for granted that she'll pass the exam.

我認為她會通過測驗是理所當然的。

＊ take it for granted that... 表示「視～為理所當然」。仔細一看，其實這是 take A for B（視 A 為 B）的延伸。it 是虛受詞，that 子句才是真正的受詞（真受詞）。直譯是「將被認同的（granted）事取來放入（心中）」→ 成為「視～為理所當然」。

Part

2

一定要知道其區別的核心動詞

表示「聽」的 listen 與 hear，「看」的 see、look、watch 等，都是很容易令人混淆的動詞。

不過不用擔心！只要掌握核心概念，從此不再迷惑，很容易就知道該如何區分使用。

來看看易混淆的動詞組合吧！

聽 p.66

listen | hear

看 p.72

see | look | watch

希望 p.80

want | hope | wish

說 p.88

tell | speak | talk | say

借出、借用 p.96

lend | borrow | rent | loan

65

聽

listen
hear

有人會問，英文裡的「聽力測驗」為什麼不是 hearing test，而是 listening test？其實只要了解 listen 與 hear 之間的差異，就能順利解開這個謎。就讓我們一起來看看吧！

*hearing test 是健檢的「聽力測驗」。

Listen 核心概念是 專心地側耳傾聽

listen

野兔 Jimmy。相當熱愛音樂，常透過耳機享受音樂的生活。雖然耳朵很好，卻聽不到世間的流言蜚語。原因呢？因為他總是戴著耳機嘛！不過他還是被大家討厭了呢…

hear 核心概念是 （不知不覺）聽進耳朵

hear

她是森口家飼養的穴兔 Mimi。每次聽到說話聲、叫聲、噪音的時候，都會被嚇到。因為各種聲音都會進入他的耳朵，所以她消息靈通。她最常說「我聽到有人說～」。

*1→參照 p.69「hear」，＊2→ 參照 p69「listen」

表示「聽」的動詞：listen、hear

listen

listen 的核心概念是「專心地側耳傾聽」。想到長著長長耳朵的「野兔（hare）」，牠那對耳朵正好就有「專心側耳傾聽」的樣子。

I listen to music through headphones when I commute to work.

* through 透過～（手段）

我通勤上班時都會用耳機來聽音樂。

經由耳機聽到的聲音，有「側耳傾聽」的意味。從這概念來的 listen，也會出現在促使人們注意聽的情境。

Listen to me.

聽我說。

因為是要別人「聽我說」，所以用「側耳傾聽」概念的 listen。

hear

hear 的核心概念是「聽進耳朵」。在「不知不覺進入耳朵」、「自然而然聽進去」的情境中使用。就像作為寵物飼養的「穴兔（rabbit）」，聽到周圍環境的聲音時會有嚇一跳的反應（實際上，rabbit 穴兔是聽到一點風吹草動就躲進洞穴、令人聯想到「膽怯」的動物）。

I heard a noise and woke up.

我聽到一聲噪音然後就醒了。

「噪音」不需特別去專心「聽」，也會「自然」地進入耳朵，所以用 **hear**。還有，像以下情境，也會用到 hear。

Can you hear me?

「聽得到我說話嗎？」　＊打電話時

這表示「我說的話有傳入你的耳朵嗎？」、「聽得到我說話的聲音嗎？」如果是說 Can you listen to me？表示「你可以注意聽我說話嗎？」這是完全不一樣的意思。附帶一提，Can you...? 是「你可以～嗎？」常用於「請求」。

hear 也可以用來表示「聽說過到～（傳言）」。

I hear you're going to Italy soon.

我聽說你即將前往義大利。

直譯是「你就要去義大利這件事，我有聽說。」這也是在自然而然之中，「消息傳入耳朵裡」的情境。

試著用「聽」來表達吧！

【listen】

I would often listen to the radio
when I was a student.

當我還是學生時，我會經常收聽廣播。

＊因為是「專心側耳傾聽」的意思，所以用 listen。would 是「以前會去做～」，
表示「過去的習慣」。

【hear】

I heard my name called in the meeting.

開會時我有聽到自己的名字被叫到。

＊會議中正在發呆時，自己的名字「進入耳朵」的情境。「hear + O（受詞）+ C
（補語）」的句型，表示「聽見 O 處於 C 狀態」的意思。因為是「被呼叫」的關
係，所以用過去分詞 called。

【listen、hear】

I listened for the sound of footsteps,
but I couldn't hear any.

我注意聽有沒有腳步聲，但完全沒聽到。

＊「專心側耳傾聽」是用 listen，但因為沒有任何聲音「進入耳朵」，所以使用
hear。

這是個可以同時區分
listen 和 hear 差別的
好例句。

listen to/for... 是「側
耳傾聽～」的意思。

看

see
look
watch

英文裡表示「看」的動詞很多，這裡介紹最基本的 see（映入眼簾）、look（四處張望）以及 watch（一直盯著）三個。請從其核心概念來確認它們衍生出來的意思吧。

see 核心概念是 映入眼簾

see

總是坐在高處，看著映入眼簾的風景，並思考著未來展望的猴老大。他是個有著極佳觀察力的領導者，但也有厚顏無恥的一面，會將同伴的功勞占為己有。

look 核心概念是 四處張望

look

總是四處張望，尋找附近樂子的水谷猴。尤其是對於找錢包這件事，讓他很得意。

watch 核心概念是 一直盯著

watch

他是小猴子「小太郎」，他的癖好是，總是盯著會動的東西看。曾經發生過在觀察勤奮的螃蟹時，心生惡念的事情（p.74）。他的興趣是看電視和觀察螞蟻。

*1→ 參照 p.76「look」 *2 → p.76「watch」 *3 → p.75「see」

表示「看」的動詞：see、look、watch

see

「看電影」是 see a movie，這是因為在電影院裡銀幕很大，不需要刻意也能夠「映入眼簾」的緣故。

❶「看到」

On a clear day, I can see Mt. Fuji from my office window.

在晴朗的日子裡，我可以從我辦公室窗戶看見富士山。

因為視野遼闊，所以富士山很自然地就「映入眼簾」，這時候要用 **see**。

❷「了解」

「看到」→「（因為看到了，所以）了解」。簡單說就像「有極佳的觀察力，可以看穿你所說的所有事情」的「猴大王」印象。

A I won't be in the office tomorrow.

明天我不在辦公室。

B I see.

知道了。

I see.（了解）是日常會話中經常用到的「知道了」。「可以看到（對方所說的含意）」→ 成為「知道了」。

❸「調查，確認，注意」

最後，see 也有「調查，確認」，以及「注意」的意思。**請想成「（用心去）看」→「調查，確認，注意」。**

See to it that you don't make the same mistake again.
小心別再犯相同的錯誤。

see to it that...（小心確認～）是經常會用到的慣用語。it 為虛受詞，指 that 之後的內容。

look

look 是「四處張望」的意思。請將「四處張望有沒有食物的」小嘍囉猴子的印象牢記在心。

I'm looking for the platform for the Yamanote line.
我在尋找山手線的月台。

look for... 是「尋找～」的意思。for 表示「（尋找～的）目的」。**為了想要的東西，記住「四處張望（look）尋找（for）」的印象吧。**

watch

「bird watching（賞鳥）」是「一直盯著（觀察）」野鳥。請記住小猴子拿著放大鏡「一直盯著」的印象。

❶「一直盯著，觀察」

I don't feel like going out tonight.

Let's just watch a movie on TV.

今晚我不想出門。

我們打開電視看部電影吧。

「看電視」是 **watch TV**。用 **watch** 是因為看電視要「一直盯著畫面」。而 watch a movie 是「打開電視機看電影」的概念。而「電影院螢幕比較大」，所以用「映入眼簾」的 see。

❷「注意」

「一直盯著」→ 成為「注意」。以下例句是在車站或百貨公司手扶梯附近，經常可以聽到或看到的。

Watch your step!

站穩踏階！（注意您的腳步）

「盯好自己的腳步（your step）」→「站穩踏階」。

試著用「看」來表達吧！

【see】

2012 saw the rapid growth in popularity of a new online learning platform, the MOOC.

在 2012 年，新的線上學習平台 MOOC 在普及度上急速成長。

＊表示「看到」的 see，用於「時代 see 發生的事」的句型，表示「時代看見 發生的事」→「在某個時代發生某事」的意思。這是在文學作品或論文當中，經常會看到的用法。

【see】

Please see to it that you turn the air conditioner off when you leave.

當你外出時，請務必（注意）關掉空調。

＊表「調查，確認，注意」的 see，用於 see to it that... 時，是「務必注意～」的意思，這個用語也有「安排，考量」的隱含意思。

【see】

Now I see that you were never really my friend. You just wanted my money.

現在我已了解你不是我真正的朋友。你只是想要我的錢。

＊ 表示「了解」的 see，後面可以接 that 或 wh- 子句，如本例句所示。

【look、see】

I looked up and saw an airplane leaving a vapor trail behind it.

我抬頭一看，看見一架飛機後面留下一道飛機雲。

＊ 這是可同時掌握 look 與 see 概念的例句。look up 是「抬頭看」的意思。因為是「把視線投射過去」，所以用 look，而「飛機雲景象映入眼簾」，所以用 see。

> vapor trail 的直譯是「蒸汽（vapor）的痕跡（trail）」，也就是「飛機雲」。

【look、see】

Look at my face.
Can you see anything different from usual?

看著我的臉。你可以看出與平時不同的地方嗎？

＊因為是「在對方臉上查看（四處張望的概念）」所以用 look。第 2 句的 see 是「不同之處有映入眼簾嗎？（看得出嗎？）」的意思。

【watch】

Watch out!

小心！

＊watch out 這個常見的片語表示「小心」。字面意思是「注意看（watch）外面（out）」。這是個以原形動詞開頭的命令句。

Watch out!

好・跩喔！

79

希望

want
hope
wish

表示「希望」的動詞，可以分成「對於可能發生之事的希望」
（want 與 hope），以及「對於不太可能發生之事的希望」
（wish）兩種。那麼就從「含意」與「形」這兩個層面來看這
3 個動詞吧！

want 核心概念是 直接表達的願望

want

童星 Chiemi，想要那個、想做這個，直接表現出自己的需求。不過，她也具備願意配合對方要求的職業道德。未來的夢想是成為「好萊塢明星」。

hope 核心概念是 對於和平、美好的願望

hope

總是祈求美好事情出現的 Maria。她是個不祈求自己而是他人幸福的高尚修女。她未來的夢想是前往梵諦岡一遊。

wish 核心概念是 對於非現實之事的願望

wish

總是在祈求離現實很遙遠之事的小女孩 Ai。「如果能成為偶像…」、「如果能變得有錢」、「如果可以和好萊塢明星約會」…每天充滿著幻想。

＊1→ p.84「hope」、＊2→ p.84「wish」、＊3→ p.83「want」

表示「希望」的動詞：want、hope、wish

want

很多歌詞裡都會看到 I want you.，或電影裡也常看到 WANTED（通緝中）等，大家都很熟悉的核心動詞 **want，是最直接表達「想要」的動詞，它帶有感情赤裸呈現的「任性」含意。**就像是個任性的小孩說「我要那個，我要那個」的感覺。

❶「想要，需要」

很直接地表現出「想要○○」的願望。want 後面的受詞可以是 物，例如 I want ice cream!（我想要冰淇淋！），也可以是 人，「I want + 人」表示「我有事找某 人」，這也是很常見的用法（p.86）。

You are wanted on the phone.
有找你的電話。

「你在電話上被需要了」→「有找你的電話」，這是一個日常生活中很常聽到的句子。先前提到的 WANTED（通緝中）的概念是：「警察有事找犯人」→「被通緝」。

❷「想做～」

「want to-V」表示「想去做～」的意思。want 後面必須接不定詞（to-V）作為其受詞。

I want to see the pyramids in Giza before I die.
我想在死之前去看看吉薩的金字塔羣。

希望 want/hope/wish

② 一定要知道其區別的核心動詞

hope

可以理解為「期待，希望，盼望」。**hope** 的概念就是「希望美好的事發生」，正好就是賢淑的修女祈禱世界和平的印象。不同於 want 給人的「任性」感覺，hope 不是將願望強加在別人身上的意思，所以英文裡沒有「hope 人 to-V」（希望某人去做某事）的句型，正確說法是「人 + hope + that 子句」。

This is a present for you. I hope you like it.
這是給你的禮物。希望你會喜歡。

「希望你喜歡（hope you like it）」→「如果你喜歡就太好了」的意思。

wish

核心概念是「但願～（機會較渺茫或不可能的事）」，例如 **I wish I were a bird.**（但願我是一隻鳥。）」就是不斷「妄想著如果～該有多好啊」的女孩 **Ai** 的印象。

❶「但願～就好了（雖然不太可能）」
I wish I were rich.
如果我是有錢人多好。

「I wish + S + 過去式」是「我希望～（雖然不太可能）」的意思。重點在於以「過去式」動詞表示「現在」的希望。其用法如同「與現在事實相反」的假設語氣，所以雖然主詞是 I，但 be 動詞一律用過去式的 were，而不是一般情況的 was。

❷「（對可能之事）期盼、祈求」

wish 原則上表示「希望成就不（太）可能之事」，但在部份固定用法中，也可表示「可能」之事。例如，常見的「wish + 人 + 事物」表示「祝福某人～」。

We wish you a Merry Christmas.
我們祝福你耶誕快樂！

這句是耶誕歌曲歌詞中的一句，屬於「wish + 人（you）+ 事物（a Merry Christmas）」的句型，直譯是「祈願你有個愉快的耶誕節」。

試著用「希望」來表達吧！

【want】

The cult member is wanted for terrorism.

那個神秘教派的信徒因為恐怖主義的嫌疑而遭到通緝。

＊用於「有事找人」的 want，在徵人廣告中有「徵求～」的意思。附帶一提，例句中的 for 表示「原因」。

【want】

Do you want me to give you a wake-up call?

＊ give 人 a wake up call 給人早晨喚醒電話

你要我早上打電話叫醒你嗎？

＊「want 人 to-V」的句型，表示「希望人去做～」，屬於「S + want + O（某人）+ C（to-V）」的 SVOC 句型，「希望／想要人去做～」→ 成為「要人去做～」。

您需要早晨叫醒服務嗎？

你在講廢話嗎！幫我按摩腳！

因為 want 有「任性」的意味，如果是不熟的人，客氣點的說法會用 would like。

【hope】

I hope to have an opportunity to live abroad someday.

我希望未來有機會到國外居住。

＊「hope to-V」是「想要去做某事」的意思。want 和 hope 用的句型完全不同，唯一的共通點是「V + to-V」的句型。

【wish】

I wish I knew her LINE ID.

我希望我可以知道她的 LINE ID。

＊wish 表示「但願～就好了（雖然不太可能）」。「I wish + S +過去式」表示「現在不太可能～」的表達願望用法。

【wish】

I wish to speak with Mr. Curry.

我希望和 Curry 先生說說話。

＊wish to-V 是「希望可以～」的意思。因為 wish 較偏向於「不可能的願望」，但基於「雖然不可能，但如果可以～的話」的意思，傳達一種「低調、奢望」的心境。它比 want to... 或 would like to-V 語意上更加客氣。

附帶一提，Mr. Curry 就是我喜歡的 NBA 球員 Stephen Curry（史帝芬・柯瑞）。

【wish】

I wish you success and happiness.

祝福你成功且幸福。

＊以「wish 人（you）事情（success and happiness）」的句型來表示「可能的願望」。

說

tell
speak
talk
say

表示「說」的動詞有很多，這裡舉出 tell、speak、talk、say 這 4 個核心動詞。它們不僅含意不同，其適用的「句型差異」也要確實掌握。

tell 核心概念是
傳達訊息

tell
可以留言、傳達訊息的信鴿 Narumi。不單只是說話，重點是要把訊息「傳達」給對方。喜歡三丁目的鸚鵡妹。

speak 核心概念是
演說

speak
貓頭鷹博士。他在聽眾面前的台風穩健，發表演說的模樣受到讚譽，據說他擅長多國語言。和 Narumi 一樣，偷偷喜歡鸚鵡妹。

talk 核心概念是
聊天

talk
感情融洽的麻雀三鳥組。每天都在說長道短、七嘴八舌。當然，手機聊天也是一定要的。他們的話題和 Narumi、貓頭鷹博士、Nitori 的相比豐富很多。

say 核心概念是
有話就（直接）說

say
想到什麼就直接說出口的 Nitori，也為此遭致反感是家常便飯的事。他有「引用」癖，口頭禪是「報紙上寫…」。

89

＊1→ p.92「say」、＊2→ p.91「tell」

表示「說」的動詞：tell、speak、talk、say

tell

tell 的核心概念是「傳達訊息」，正好就是將需要傳達的內容「傳送給對方」的信鴿之意象。因為要「確實傳達給某人」，所以 tell 一定要有的特徵是「後面要加人」。「tell 人 事物」、「tell 人 of / about 事物」、「tell 人 that...」、「tell 人 to-V」等各種句型都會用到，但都有「tell +人」的部分。

Would you tell Akira today's homework assignment?

你可以將今天的家庭作業轉達給 Akira 嗎？

「tell 人 事情」的句型是「給人傳達事情」的意思，這正是用於「傳達訊息」的句子。

speak

speak 是「（單方面地）說話」的概念。它經常和表示「方向，前往」的 to 連用，常用於「**speak to** 人」的句型。在英文裡，貓頭鷹被當作「睿智的象徵」，speak 的概念就是見多識廣的貓頭鷹**對著**森林裡的動物**演說**的意象。

The professor spoke to the class about the upcoming exam.

教授向班上同學說明即將舉行的考試。

「教授單方面對著班上學生說話」，就是這種意象。**附帶一提，speak 有「speak + 語言名詞」（說某種語言）的用法，不加 to，這是例外的用法了。**

talk

如同手機 app「LINE」的「Talk」畫面，**talk 的核心意象就是「聊天」**。就像麻雀吱吱喳喳聊八卦的意象。

Please don't talk during the performance.
表演期間請勿交談。

表演期間的「交談」，與 talk 的含意是完全符合的。另外，「talk to/with 人」（與某人說話）、「talk about ＋人事物」（談到～）也都是很常見的句型。

say

say 的核心意象是「有話就（直接）說」。 就是鸚鵡直接重複飼主所說的話之意象。照相時的「來，笑一個！」的英文說法是「Say cheese!」就好像我們中文會說「西瓜甜不甜？」的意思。

❶「說，說出口」
Say hi to your sister from me.
請代我向你妹妹問候。

「say hi to 人」是「向某人問候」的意思，問候時的用語，直譯是「向某人說 hi」。hi 可以用 hello 取代。

曾經，在美國電車裡讓座給小孩時，那位媽媽會對小孩說「Say thank you.」這是「說『謝謝』」的意思。

❷「傳達，寫著」

常用於引述某報紙所說的「○○報說～」的表達。與這樣的用法相同，人以外的「物」也可以作為 say 的主詞，雖然實際上並沒有「發出聲音」，但也常用於這樣的情境。

The sign says **"Keep Out."**
那個牌子上面寫著「禁止進入」。

「牌子說『禁止進入』」→「牌子上面寫著『禁止進入』」的意思
（也可參照 p.123）

試著用「說」來表達吧！

【tell】

Paul told me that he was thinking about changing jobs.

Paul 告訴過我他正打算換工作。

*「tell + 人 + that...」是「告訴某人某事」的意思。

【tell 的延伸用法】

It's really hard to tell Wendy from Elizabeth. They're identical twins.

真的很難分辨 Wendy 及 Elizabeth。他們是同卵雙胞胎。

*「tell A from B」（區分 A 與 B）也是很常見的用語。從「可以傳達 Wendy 的不同之處（給人）」→ 成為「區別／區分 Wendy 與 Elizabeth」。

> 這裡的 tell 並不是「告訴 Wendy」的意思，要特別注意。

【speak】

The astronaut spoke to the audience about his 3-month stay aboard the space station.

那位太空人將他登上太空站停留 3 個月的事情說給聽眾聽。

*太空人對著許多聽眾「演講」的意象，這正符合 speak 的概念。

【speak 的例外用法】

Carlos speaks four languages.

Carlos 會說四種語言。

＊「speak to + 人」的句型表示「向人說話」，但「說某種語言」是「speak + 語言」

【talk】

The employees talked about the new manager at lunch.

員工們在午餐時聊到這名新任經理。

＊「talk about...」是「談論～」的意思。員工們聚在一起聊八卦時可以這麼用。

【say】

A **How do you say "Oh my god!" in Japanese?**

日語的「Oh my god!」怎麼說？

B **In Japanese you can say "masaka!"**

日語會說「不會吧！」

＊或者說「Oh my god!」的日語怎麼說？」、「有相當於 Oh my god! 的日語嗎？」

【say】

The weather forecast says it's going to snow tonight.

氣象預報說，今晚會下雪。

＊「氣象報告說～」→「根據氣象報導～」的意思。

借給、借來（用）

lend
borrow
rent
loan

表示「借給、借出」的 **lend** 或 **rent** 等，發音相似，是一般人來很容易混淆的字彙。不過，只要記住動詞所適用的「句型」，便能夠輕易理解「借出、借來」的區別，並明確區分其用法。

lend 核心概念是
（免費）借出

借你

lend
茶屋西施阿初。不計得失，什麼東西都可以借人的大剌剌個性…其實只是表象。事實上她是個很了不起的婦女呦。

borrow 核心概念是
免費借用、借走

借我

borrow
只要有機會，就想免費借東西來用的厚臉皮武士。從小就常常跟人借用很多東西，甚至直接拿走。他和越後屋是水火不容的。

rent 核心概念是
須付費的）借出、借用

rent
開當鋪的越後屋。收下各種抵押物品，才會把錢借出去。目標是成為江戶第一大商人，每天都把算盤打得劈啪響。

loan 核心概念是
貸給

是高利貸

我這裡

loan
高利貸錢莊。只「（把錢）借出」，自己絕對不會向人借錢。常讓人以為專門借出錢，其實也會借出筆、墨。

＊1 → p.100「rent」、＊2 → p.101「loan」、＊3 → p.99「lend」、＊4 → p.99「borrow」

表「借給、借來」的動詞：lend、borrow、rent、loan

lend

　　lend 是「（免費）借出」的意思，用於「lend ☐人 ☐物」的句型。如 p.37 所述，「V + ☐人 ☐物」的句型中，這個動詞都會有「給予」的概念。由此看來，「lend ☐人 ☐物」（暫時地）借給 ☐人 ☐物）→「借出」，就能夠簡單地判斷出來，在實際的英語句子當中到底是「借出」還是「借來」。

Can you lend me your umbrella?

你可以把你的傘借給我嗎？

　　附帶一提，請注意「lend ☐人（me）☐物（your umbrella）」的句型。也可以寫成「lend ☐物 to ☐人」。

borrow

　　borrow 是「（不用付費）借來用」的意思，也可委婉表示「（擅自）取走」。

Can I borrow your bicycle?
I want to go to the post office before it closes.

可以借用一下你的自行車嗎？

我想要在郵局打烊前過去一趟。

rent

rent 有「借出」、「借用」的雙重概念，但重點在於「付費性質」。所以一般解釋為「出租，租用」，例如 rent a car（租車）、rent a house to 人（把房子租給某人）。「租出去」通常會和 out 連用，例如 rent a DVD out to...（將 DVD 租出去給～）。附帶一提，究竟是「借出」還是「借用」，要從「文章脈絡」去判斷。

❶「（以收費方式）借出」= 租出

A Can I buy snorkeling gear here?

這裡可以買到浮潛用具嗎？

B Of course. We rent equipment, too.

當然，我們也有出租。

「可以買到嗎？」→「當然。也有 rent equipment」，從這樣的文章脈絡，可以知道這裡的意思是「租出去」。

❷「（以付費方式）借用」= 租用

We rented bicycles from a shop
near the station.

我們在這車站附近的一家店租到自行車。

請注意例句中的 from。從 **rent... from...** （從～租用～）便可知「**rent + 物 + from + 人**」的固定句型。

附帶一提，rent 也可當名詞，廣告看板上經常看到 For Rent（供出租）。「名詞 + for（作為）+ rent（出租）」→ 表示「某物供出租

中」。

loan

loan 在日常生活中經常用到，表示「（向銀行、個人）貸款」，所以 **loan** 的概念是「借出」，而不是「借用」。實際上，loan 大多用於「loan 人 物」的句型。從「V + 人 物」可知，這個 V 具有「給」→「借出」的含意。

Can you loan me 1,000 yen?
I'll pay you back after lunch.
可以借我 1000 日圓嗎？我午餐後還你。

和 lend 一樣，也可以用在錢以外的東西。

Can you loan me your eraser?
你的橡皮擦可以借我嗎？

這個句子也是「loan 人 物」的句型。從「V + 人 物」可知，這個 V 具有「給」→「借出」的含意。

試著用「借給、借來（用）」來表達吧！

【lend】

Can you lend me your phone? My
battery's dead.   *dead（電池）沒電的

你的手機可以借我一下嗎？我的電池沒電了。

*這是「lend + 人（me）+ 物（your phone）」的句型。

【borrow】

Is it all right if I borrow your DVD?

我可以借用一下你的 DVD 嗎？

*因為是「借走，拿走」，所以用 borrow。

【rent】

In Karuizawa we rented bicycles instead of
taking the bus everywhere.

在輕井澤，我們租腳踏車四處遊走而不是搭巴士。

*從「不是搭巴士」這樣的文章脈絡，可以知道是「租腳踏車」。

take the bus 是
「搭巴士」的意思。

take 是「選擇巴士作為
交通工具」的意思。

【rent】

The museum rents audio guide players that give explanations of the artworks.

博物館出租說明藝術作品的語音導覽機。

＊「博物館」是主詞，所以動詞是「借出」的意思。當 rent 表示「借出」時，常用在「店家、機構 等 + rent」的句型

【loan】

I loaned Suzie my dictionary a week ago and she hasn't given it back to me.

一週前我把字典借給 Suize，而她還沒還給我。

＊這是「loan + 人（Suzie）+ 物（my dictionary）」的句型。

【loan】

This Picasso was loaned to the museum by the Louvre Museum in Paris.

這張畢卡索的畫是由巴黎的羅浮宮出借給那間博物館的。

＊「loan + 人 + 物」的句型，也可以將人與物位置對調，變成「loan + 物 + to + 人」。而這句改成被動語態是「物 + be loaned to + 人」。

Part **3**

超好用的 核心動詞

在學過前兩章的「核心動詞」之後,本章節要介紹的是一些超好用的動詞。例如,**feel**、**keep...** 等用於 **SVOC** 句型的動詞,而 **meet**、**run...** 等其實還有許多學校裡從來沒教過的意思。同樣地,只要能夠掌握這個動詞的核心概念,就可迅速理解其各種衍生意思與用法。

掌握核心概念超重要!

feel p.106

感覺

give p.112

給予

keep p.118

抱持、
一直擁有

leave p.124

丟下不管

let p.130

許可

meet p.136

（配合對方）
滿足需求

run p.142

不斷轉動、
不斷進行

think p.148

有自己的
想法

try p.154

什麼都
試試看！

feel

大家都知道 feel 的意思就是「感覺」，但「感覺的方式」大致可以分成「以手或肌膚觸摸去感覺」以及「用心去感覺」兩種。這麼一來它的運用範圍一下子就變得非常廣，是很好用的一個核心動詞。

feel

心靈的治療者。可以靈敏地感知對方的內心，還可以和鳥獸對話。最喜歡愉快的事情！總是喃喃自語著「我現在有想要做～的心情」。

＊參照 p.108「感覺，感受」

feel 的概念是「感覺」

　　在李小龍的電影《龍爭虎鬥》裡面有一句知名的台詞：Don't think, feel!（不要用想的，去感受！）這裡的 feel 是「用心感受」的意思。可是，本來它應該是像 feel one's pulse（測量人的脈搏），用來表示「觸診」的動詞，「以手觸摸感受」的意思。**feel 從這裡衍生，成為可以表達各種不同「感受方式」的動詞。**腦中想像著，能夠敏銳地感受到各種事物的心靈治療師吧！接著來看看它各種不同用法吧。

❶「感覺，感受」

　　「**feel** 物」的句型，是「感覺，感受某事物」的意思。除了「感受到疼痛或情感」之外，也可以表現「觸摸後感受到」以及「從當場氣氛感受到」。以下是表現「觸摸後感受到」的例句。

The masseur could feel tension in his client's shoulders.　＊tension 緊張、（肩膀的）僵硬

那位按摩師可以感覺到患者肩膀的僵硬。

❷「（手或肌膚接觸後）感受到～」

　　feel 也可以用來表達「（物的）觸感」，用於「物 feel 狀態」的句型，表示「（接觸到）某 物 之後感覺到某種 狀態」。

The baby's skin felt so smooth.

嬰兒的肌膚摸起來非常光滑。

「觸摸嬰兒的肌膚之後，有著光滑的觸感」的意思。這個「物 feel ～」的句型，在一般教科書中很少解釋，因此多數人會誤認為它是「物有～的感覺」（以為是「物」的感受），以此例句而言，會誤認是嬰兒的肌膚去感覺到什麼，正確是「嬰兒肌膚的觸感有～的感覺」。

❸「人（以心接觸）感到～」

這應該是 **feel** 的用法中比較基本且「深入人心」的。「（以心接觸）去感受」。主詞是人，表示「某人感受到～」。

I feel great today.
今天我感覺好極了。

表示我今天的「心情」。

❹「感覺想要～」

feel like... 是個常見的片語，表示「有想要做～的感覺或心情」、「想要（做）～」的意思。在實際的會話中也經常使用到。like 是介系詞，表示「像～」，後面接（事物）名詞或 V-ing。例如，在回答「要吃什麼？」的時候，可以用「feel like 食物／飲料」表示「想吃／喝～」。

I feel like pizza.
我想吃披薩。

feel like 後面也可以接動名詞（V-ing），所以這句可以改成 I feel like having pizza.。這個 having 是「吃」的意思（p.48）。

約會OK！
好痛

feel

③超好用的核心動詞

109

❺「感覺 O 是 C 的狀態」

最後是 feel 用於 SVOC 句型的用法。**表示「感覺 O 處於 C 的狀態」。**

She felt the cold wind blowing against her face.

她感受到冷風吹在她的臉上。

這是「**feel O（the cold wind）C（blowing）**」的句型，表示「感受到冷冷的風（the cold wind）在吹（blowing）」的意思。因為「風在吹」是主動的關係，所以用 現在分詞 的 blowing。

試著用 **feel** 來表達吧！

【（手或肌膚接觸後）感受到～】

The seat still felt warm.
Someone must have been sitting there
just a little while ago.

那張椅子摸起來還是溫的。一定是有人不久前才坐在那兒。

＊表示「椅子（如果有人剛坐過）還能夠感受到溫度」。第 2 句的 「must have +
p.p.」是「（當時）一定是～」的意思。

【人（以心接觸）感到～】

How do you feel after winning
the championship?

你贏得冠軍之後感覺如何？

＊How do you feel...? 是「…你感覺如何？」的意思。是詢問對方「心情如何」的
用語。

【感覺 O 是 C 的狀態】

She felt the *kairo* warming up
in her pocket.

她感覺到暖暖包在她的口袋裡發熱。

＊「feel + O（the kairo）+ C（warming
up）」的句型。表示「暖暖包發熱」的主動的關
係，所以使用現在分詞 warming。

give

give 一般所熟悉的意思就是「給予」，例如 **Give my regards to 人.** （代我向某人問候），在日常會話中經常聽到。無論如何運用 give，皆從「給予」的出發點來思考吧！

give

給予，對於聖誕老人來說，就是人生活著最大的意義。不只是在耶誕節，平常給妻子送禮物、接送女兒等，給家人的服務也是十分周到。遺憾的是，每次一近耶誕節，就會被家人傳染感冒。

*參照 p.115「給予（抽象的東西）」、「日常會話常見有關 give 的慣用語」

give 的概念是「給予」

give 的核心概念就是「給予」，正好就是「給予許多物品而不求回報」的耶誕老人印象。**give** 是日常生活會話中經常用到的動詞。例如：**「give 人 a hand**（幫助某人），還有其他用語，但只要都以「給予」的出發點來思考就 **OK** 了。

❶「給予（具體的物品）」

give 最常運用的基本句型就是「give 人 物」（給予某人某物）。

He gave her a diamond ring.
他給她一顆鑽石戒指。

在英文文法中，give 被稱為「授予動詞」，其主要運用的句型為「V + 人 + 物」（在 p.37 已提到過），就像上述例句的「give 人（her）物（a diamond ring）」。

在這個句型中，可以將 人 與 物 對調，成為「give 物 to 人」的句型。

She gave her old sweater to her daughter.
她把她的舊毛衣給了女兒。

如果把這句話轉換成「give 人 物」也 OK。但嚴格來說，「give 物 to 人」的句型，其重點在於「to 人」的部分。亦即，若說話者要強調的是「給了誰」時，用「**give 物 to 人**」來表達比較自然。

❷「給予（抽象的東西）」

give 後面的受詞不一定是「具體的物」。

I think my daughter gave me her cold.

我想我女兒把感冒傳染給我了。

這是「give 人（me）物（her cold）」的句型，表示「女兒把她的感冒給我」→「女兒把感冒傳染給我」的意思。所以 **give** 的後面不一定接「實體的物」。

❸日常會話常見有關 give 的慣用語

與 give 有關的慣用語，經常在日常會話中會聽到。在這裡，介紹代表性的 3 個，都可以用直譯的方式來理解。

Could you give me a hand with the door?

你可以幫我開門嗎？

比方說，手上一堆東西無法開門，需要別人幫忙時可以這麼說。「give 人 a hand」是「幫助某人」的意思。「把手給 人」→「幫忙」。有點像中文「助某人一臂之力，伸出援手」的說法。例句中的 with 表示「對於（關於～）」。

Give my regards to Mr. Matsumoto.

請代我向松本先生問好。

「**Give my regards to** 人」是「向某人問好」的意思，也是用於道別時的招呼語。這是「give 物 to 人」的句型。regards 是「問候」的意思，「給 人 我的『問候』」→「代我向某人問好」。

***Natto* is really good for you –**
you should give it a try.
It's really not as bad as it smells.

納豆對你的身體很好。你該試試看。
它真的沒有聞起來那麼恐怖。

give it a try 是「嘗試看看」的意思，是很常見的會話用語。it 表示「當下要嘗試的事」，「給予它（it）一次嘗試（a try）的機會」→ 成為「嘗試看看」。

像這樣，看到 **give** 的慣用語時，先從字面意思的「給 人 物」開始思考，很簡單就能夠理解。

give 除了「給予」的意思之外，字典中可能還會看到「彎下」、「倒塌」等意思，但在實際生活中，幾乎從來沒見過或聽過。只要記住 give in（屈服，投降）等片語，就很足夠了。

試著用 give 來表達吧！

【給予（具體的東西）】

Linda gave some money to charity.

Linda 捐了些錢給慈善活動。

＊「give 物 to 人」的句型。charity（慈善）雖然不是人，但也可以使用相同的句型。即使想不起「捐獻（donate）」這個動詞，也可以用 give 來表現相同的意思。

【日常會話常見 give 的相關慣用語】

I'm going out in ten minutes.
If you want, I can give you a ride to the station.

我在 10 分鐘後要出門。

如果你要的話，我可以載你到

車站。

＊「give 人 a ride」是「讓人搭便車」的意思。「給人乘車（a ride）」→ 成為「載人」。

可以載你！

卡車…

【日常會話常見 give 的相關慣用語】

Since you're a loyal customer, I can give you a 15% discount.　＊loyal customer 忠實顧客

因為您是一位忠實顧客，我可以給您 85 折優惠。

＊ give 人 a discount 是「給某人折扣」的意思。

keep

核心概念是 保持、一直持有

中文裡常講的「這個先保留著」，就是用 **keep** 這個動詞，它的核心概念就是「保持、一直持有」。除了「物」之外，保留的也可能是一種「狀態」。

keep

把許多東西存在頰袋裡的松鼠丸，不喜變化，具有只想保持相同狀態的保守性格。可是，在旅行時卻又會很大方的說，「不用找錢了」。興趣是積存橡實和環保活動。

＊參照 p.121「一直處於～的狀態」

keep 的概念是「保持、一直持有」

keep 的核心概念是「保持、一直持有」，正好就像兩頰滿滿含著橡實的松鼠。**keep** 不只是「（一直）持有物品」，也表示「保持某種狀態」，還有其用於 **SVOC** 的句型也很重要。

❶「一直持有」

首先，從「（一直）持有某物」→「保有」的意思開始，繼續延伸學習。

How long can I keep a library book?
我可以借用圖書館的書多久？

「可以保有（keep）書本多久的時間（How long）」→「書可以借用多久」的意思。

以下的例句，是在海外搭乘計程車時常用到的重要用法。

Keep the change.
不用找零了。

change 是「零錢」的意思（因為是從大鈔「變成」小錢）。「請保留零錢」→「不用找零」。請以「給計程車小費」的感覺用看看。

❷「一直處於～的狀態」

接下來是「保持（狀態）」→「一直處於～的狀態」的意思。

Keep quiet! I can't concentrate.
保持安靜！我無法專心耶！

quiet 是形容詞，表示「安靜的」。「保持安靜的狀態」→「安靜下來」。

還有，「keep + Ving」表示「保持～（某個動作的持續進行）」。

His alarm kept going off.
他的鬧鐘一直在響。

go off 是「響起」的意思，「他的鬧鐘保持在響的狀態（going off）」→「一直在響」。

除此之外，以下這句也經常出現在告示或標示牌上。

Keep off the lawn.
禁止進入草坪。

off 表示「離開」。「保持離開草坪的狀態（off the lawn）」→「禁止進入草坪」。

❸「保持～的原樣」

最後是 **keep** 用於 **SVOC** 句型。「將 O 保持在 C 的狀態」→「保持

keep

③超好用的核心動詞

O 的原樣」，C 可以是 形容詞 、 現在分詞 、 過去分詞 等。以下就來確認其經常使用到的情形。

I'm sorry to keep you waiting.

抱歉讓你久等了。

　　這就是「keep + O（you）+ C（waiting）」的句型。「讓你保持在等待的狀態」→「讓你久等了」的意思。附帶一提，其實以上這句的更精確說法是：I'm sorry to have kept you waiting.。「to have + 過去分詞」稱為「完成式不定詞」，用來表示比主要動詞（在這裡是 am）「更早的一個動作」，但也許是因為這樣的句型複雜了點，因此有許多母語人士會直接以一般不定詞的形式 to keep you waiting 來表示。

「keep + V-ing」（一直保持～）也經常使用在日常會話中。例如正在工作時，如果被問到 Can we take a break?（我們可以休息一下嗎？），可以回答 We're almost there. Keep going!「我們幾乎快完成了。繼續吧。」

試著用 **keep** 來表達吧！

【一直持有】

You can trust Bill. He always keeps his word.

你可以信任 Bill。他總是信守承諾。

＊keep one's word 是「信守承諾」的意思。「保持自己說過的話（one's word）」→ 成為「守住諾言」。

【一直處於～的狀態】

I kept forgetting her name.

我老是忘記她的名字。

＊「keep + Ving」表示「持續做～）。「保持忘記的狀態（forgetting）」→「一直忘記」→「老是忘記」的意思。

【保持～的原樣】

Please keep me informed
on your progress throughout the day.

＊ on ＝關於～／throughout ＝從～開始到最後

在這一整天當中請將您的進度狀況隨時告知我。

＊「keep 人 informed」表示「使某人持續獲得資訊」。其實這是「keep O+C」的句型，原意是「保持 人 在可以被傳達情報（informed）的狀態」→ 成為「持續地或隨時將狀況告知某人」。

「禁止進入」是 Keep out.。「請保持在外面（out）的狀態」→「禁止進入」。

這是個看板或標誌上經常看到的句子。

leave

核心概念是 丟下不管

大家所熟悉的 **leave** 意思是「出發」，也可以表示「留下」、「忘記帶走」、「離開」等各種解釋。但不論是哪一種解釋，只要掌握核心概念的「丟下不管」，就能簡單理解。

leave
靠別人養小孩的杜鵑鳥。按照本人的說法是「只是委託給對方」。因為是個多情的女人，分分合合是家常便飯。發生感情糾紛的時候，總是會說 Leave me alone!（別管我！）

*參照 p.126「留下」、「忘記帶走」

leave 的概念是「丟下不管」

leave 的核心概念是「丟下不管」。正好就是把卵「委託（丟下不管）」給其他的鳥，然後「離開」現場的杜鵑。

> 杜鵑這種鳥，常把卵產在別的鳥窩裡，之後這個卵就完全託給別的鳥來照顧，具有「託卵」習性。

想著杜鵑，依序來看 leave 所表示的「留下」、「忘記帶走」、「委託」等意思。

❶「留下」

首先，「丟下不管在（現場）」→「留下」的意思。

There's only one piece of cake left.
Who wants it?

蛋糕只剩下一片。誰想要？

「蛋糕只有一片，被丟下不管（在現場）」→「剩下」的意思。附帶一提，「There is 名詞 left」的句型原本是「名詞 is left」，但因為例句中的 名詞 是「不特定名詞」，所以不能用「名詞 is left」來表示，而必須用 there be 的句型（參照 p.31）。

❷「忘記帶走」

「（無意識地）丟下不管」→「忘記帶走」。在海外搭計程車時，應該有看過以下這樣的告示。

Don't leave your belongings behind.

別忘記您隨身攜帶的物品。

leave... behind 表示「忘了帶走～」。「把～丟下不管（leave）在後面（behind）」→「忘了帶走」。

❸「委託」

從「丟下不管」→變成「丟給」、「託付」的意思。

包在我身上！

Leave it to me.

包在我身上。

leave it to me 就是「包在我身上」，這是一句經典台詞。「把它留下給我」→ 成為「包在我身上」的意思。

❹「離開，出發」

還有，「把（地點）丟下不管」→「離開，出發」。這也是大家熟知的意思。

The plane left Hawaii twenty minutes behind schedule. ＊behind schedule 比預定時間還晚

那班飛機比預定時間還晚 **20** 分鐘才從夏威夷出發。

「丟下夏威夷」→「從夏威夷出發」的意思。

❺「畢業，辭職，離開～」

從「離開」的意思，衍伸出「離開（校園、公司、組織…）」→「畢業，辭職，脫離～」的意思。

Are you leaving me?

你打算和我分手？

「離開我的身邊？」→「和我分手？」思。看電影的時候，經常可以聽到「分手」用 leave 來表達。

❻「保持～的狀態」

最後，來看看 **leave** 的 **SVOC** 句型用法。「把 O 丟下不管在 C 的狀態」→「保持～的狀態」。

Please leave me alone.

請別管我。

這就是「leave O（me）C（alone）」的句型。「請丟下我不管，讓我處於一個人的狀態」→「請別管我」。

試著用 leave 來表達吧！

【委託】

Planning and preparation are important!
Don't leave anything to chance.

策劃與籌備都很重要！任何一處都不能靠運氣。

＊「不能丟下不管或委託給運氣」→「不能靠運氣」的意思。

【離開～】

She left him for another man.

她為了另一個男人而離開了他。

＊ leave A for B 是「為了 B 離開 A」的意思。直譯是「離開 A 前往 B」。for 表示「朝向～（某個目的地）」。

【辭職】

Mr.Inaba left his job as a teacher to become a professional musician.

稻葉先生辭去其教師的工作，成為一位專業的音樂家。

＊「丟下教師的工作」→「辭去教師的工作」的意思。

在電話中要「留言」時，也可以用 leave。

Would you like to leave a message?

你要留言嗎？

leave a message 是「留下訊息」的意思，這也是 ❶ leave 的「留下」意思。

let

大家常常朗朗上口的 **Let's go!** 或是 **Let me...** 就是 **let** 的典型用法例子，這個祈使句是 **SVOC** 句型，表示許可某人做某事。所以會話中也常聽到 **Let me see.**（我看一下）等。

let

給予各種許可的官吏。對老婆卻抬不起頭，過著每天都要詢問「請讓我～」（請求准許）的生活。口頭禪是「我來看看～」。夢想是在退休後當包租公，靠著租金過生活。

「不准」篇

好，
放行 *
I let you go.

謝謝您了

蓋

難不成
他在家裡
對老婆也是
這種態度？

嚴肅

唉呦

咦？
希望多給點
零用錢？

啊～？
你以為我們家有
很多錢可以花？

總…總之
讓我說明一下理由 *
Let me explain…

別氣
別氣

那我就藉這個機會
和你好好談一談…

你這個人真是沒出息
嘮叨
嘮叨
嘮叨

呃～～
雖然如此，
可以多給點
零用錢嗎？

不准！

縮回

*參照 p.132、p.133「許可」、「讓我來～（做某事）」

let 的概念是「許可」

說到 **let**，想必大家腦海中會浮現 **Let's go!** 這樣的用語。其實它原本是 **Let us go.**。還有，也常聽到 Let me see.（我看看。）、a house to let（吉租出屋）的廣告用語，也用到了 let。**這些包含 let 的用語之共通概念都有「准許，放行」的含意。**正好符合「准許通過」和「給予許可」的那位官吏的形象。

❶「許可」

let 的核心概念是「許可，准許」，通常用於 SVOC 的句型，表示「准許 O 做 C」，C 常以「（動詞的）原形」表示。

先前提到的 Let's go! 或 Let us go. 也是就是「let + O + C」的句型，「准許我們去做～」→ 成為「（既然已經准許）我們走吧」的意思。

My brother won't let anyone touch his video game.

＊ won't（＝ will not）將不會～

我哥哥不會准許任何人碰**他的電玩。**

這也是「let + O（anyone）+ C（touch）」的句型，「准許某人碰」→ 成為「讓人碰」的意思。

附帶一提，**let** 與 **have**、**make** 一樣，在文法中有「使役動詞」的稱呼。**have** 常表示「得益，受害」，**make** 則是「強制」，**let** 是「准許」的概念。

❷「讓我來～（做某事）」

接下來是 **let** 的祈使句用法。**let** 經常用於「**let me** 原形」（讓我來～）。「請准許我做～」→ 成為「請讓我做～」。

Let me hear you scream!

讓我聽聽你們的尖叫聲！

這是「let + O（me）+ C（hear）」的句型。直譯是「讓我（Let me）聽到（hear）你們（you）尖叫（scream）。」在外國歌手的演唱會中，常能見到台上歌手如此煽動粉絲們的話語。

另外，**let me know...**（讓我知道～ = tell me...）、**let him go**（讓他走吧）也經常用到。

Let me know if you need anything.

如果你需要任何東西，請讓我知道。

❸用 let 來進行短暫思考

接下來，這是在日常會話中常用到的：用 **let** 來「填補空檔」的表現用語。大家平時在用英文對話時，是否常因為一時說不出話來，而不由自主地說出「ㄟ～」、「呃～」的發語聲呢？但這些聲音在母語人士聽來是很不自然的聲音，最好避免。在這種情況下，請試著用「英文版」的「ㄟ～」、「呃～」。

A **When did you first come to America?**

你第一次來美國是什麼時候？

B **Let me see... I think it was about seven years ago.**

這個嘛…… 我想大概是 **7** 年前。

let me see 本來是「讓我看看～」的意思。這裡的 see 是「了解（狀況）」的意思，就像 I see.（我了解。）中 see 的用法，有「思考」的意思。所以「讓我想一下」→ 成為「呃～」。也可以用 **let's see** 來表示。

❹「借出」

最後，let 還可表示「借出」。「讓出」→ 延伸為「借出」之意。尤其在英式英文中，常會看到這樣的招牌：

a house to let

吉屋出租

「要讓出的房子」→「吉屋出租」的意思。附帶一提，美式英語中會標示為 For Rent（p.100）。

試著用 **let** 來表達吧！

【許可】

My boss let me take a day off.

我老闆讓我休一天假。

＊「let + O（me）＋ C（take）」的句型。take a day off 是「休一天假」的意思。take 的核心概念是「（從幾個當中）選取」（p.58）。

【許可】

I'll let you know as soon as I get more information.

一旦我取得更多消息時，我就

會通知你。

＊「let + O（you）＋ C（know）」的句型。「准許你知道」→「通知」的意思。as soon as 是表示「一～就～」的連接詞（在這裡，運用「S+V as soon as s+v」的句型）。

【讓我來～（做某事）】

Let me explain how to get there.

讓我來說明如何去到那裡。

＊「let me + 原形動詞」的句型。how to... 是「做～的方法」的意思。

「我看看～」是 Let me see.
或是簡略說 Let's see.。

meet

除了大家熟知的「遇見，迎接」，meet 還可以表示「滿足」。不過在中文裡，「相見」、「相遇」與「滿足，符合」是完全不同意義的，這顯見 meet 是個運用範圍很廣的單字。

meet
每天都不斷在進化的機器人，只為了滿足顧客的需求。本著顧客至上的服務精神，每一天就從出門迎接客人開始，為了讓客人在截止日前滿足需求，不惜加班的工作狂。

*參照 p. 139「滿足～」

meet 的概念是「（配合對方）滿足需求」

相信很多人是從 Nice to meet you.（很高興認識你。）來認識 meet，其實 meet 也可以用在像是 meet one's expectations（符合某人的期待）或 meet... demand（滿足～需求）等用語。這正符合一心滿足顧客各種需求的這個機器人。

meet 的核心概念是「（配合對方）滿足需求」。字典中的解釋有「遇見，會見」以及「滿足，符合」等不同意思。但其實兩種解釋都可以回歸「（配合對方）滿足需求)」的核心概念，因此可以讓 **meet** 運在許多場合中。

❶「會見」

首先是「會見」的意思。大家都很熟悉以下的經典會話表現：

Nice to meet you.
很高興認識你。

遇到初識的人時，可以說這句話。
如果把 to meet 改成 meeting，就變成道別時用的招呼語了。

Nice meeting you.
很高興認識了你。

meeting 是現在分詞，在此有「（在過去）做了～」的意涵。「能夠遇見你（meeting you）很好（nice）」→ 成為「很高興認識了你」。
還有，**meet** 不僅用來表示「（配合對方）約好時間見面」，也可以

用來表達「偶然遇見」。

I happened to meet him in the hall just now.

* happen to... 恰巧～／in the hall 在大廳

我剛才碰巧在大廳遇到他。

❷「迎接」

「（配合對方）見面」→「迎接」。

I'm going to the airport to meet Mr. Kikuchi.

我要到機場去迎接菊池先生。

這裡的 meet 是「迎接」的意思。

❸「滿足」

最後，來看看 **meet** 表示「滿足」的意思。這是「配合對方的要求或期待給予滿足」的意象。

This phone meets my requirements;
it has a big screen and it's not too expensive.
I'll take it.

這支電話滿足我的要求；

它有個螢幕大，且價格不貴。我就要這支。

meet one's requirements 是「滿足／符合某人的需求／要求」的意思。是「（配合對方）滿足需求」的概念。

還有，也可以用在 **meet demand**（滿足需求）、**meet a deadline**「配合並滿足（對方設定的）期限」→「趕上截止期限」等用法中。在 p.138 提過的 meet one's expectations，它的概念也是「配合 人 的期待而給予滿足」→「符合 人 的期待」就可以了。這正是萬能機器人勤奮工作的意象。

meet 不只是「會面」，在職場英文中也經常用到「滿足需求」的意思。請務必要記住「（配合對方）滿足需求」的概念。

試著用 **meet** 來表達吧！

【迎接】

Could you meet me at the airport on Thursday? My flight is supposed to arrive at LAX at 10 a.m.

您週四可以到機場接我嗎？我的班機應該會在早上 10 點抵達洛杉磯國際機場。

＊這裡的 meet 是「迎接」的意思。附帶一提，be supposed to... 是「應該會～」的意思。

【滿足】

I trust your room meets your expectations.

我相信您會滿意您的房間。

＊meet one's expectations 是「符合某人的期待」的意思。直譯是「我相信您的房間會符合您的期待。」

【滿足】

He worked overtime to meet the deadline.

他為了趕上截止期限而加班。

＊meet the deadline 是「趕上截止期限」的意思。

run

核心概念是 不斷轉動、不斷進行

run 除了「跑」之外，還有「參賽」、「經營」等多種解釋。
雖然有各種不同的解釋，只要掌握核心概念，自然而然就能夠
理解。

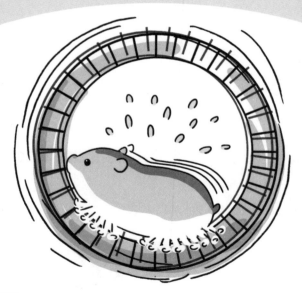

run
經營好幾家店鋪的企業家倉鼠阿藏，總是四處奔跑，蒐集資訊。一
心向上，燃燒著熊熊的野心，總有一天要競選動詞村的村長。他的
興趣是夜跑。

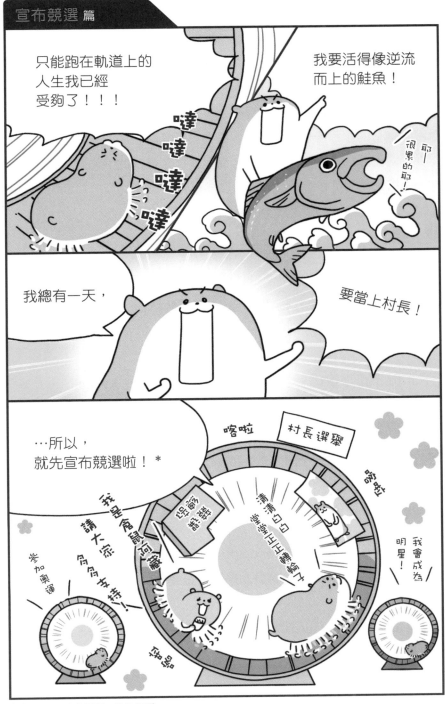

＊參照 p.144「參賽，投入選戰」

run 的概念是「不斷轉動、流動」

　　小學生都知道的 **run**，除了大家所熟悉的「跑」之外，還有「參賽，參選」、「轉動」、「運行，運作」、「經營」等意思。乍看之下，好像跟「跑」的原意差一大截，且也許會有人覺得要把這些解釋都記下來是件相當困難的事，但只要想像：倉鼠拼命在轉動的滾輪上一直跑的模樣，不管是哪個解釋或用法，都可以簡單理解。

❶「跑」

首先，「跑」的意象就是「腳動個不停」。

The runners ran to the finish line.
跑者跑到了終點線。

　　run to... 是「跑到～」的意思（過去式是 ran）。finish line 是指「（賽跑的）終點線」。

❷「參賽，投入選戰」

　　從「跑」的意思，「（在競賽中）跑」→ 成為「參加比賽（或競爭）」。

Debora runs in the Honolulu Marathon every year.
Debora 每年都會參加檀香山馬拉松競賽。

　　run 也有「參賽」的意思，通常用於運動場合中的「賽跑」、「馬拉松」等情境。

還有，**run** 帶有「競爭」的意思，用在選舉場合就是「競選」之意。

Three candidates are running for mayor.

* mayor 市長

三位候選人將角逐市長寶座。

run for... 是「競選～」的意思，在一般相關的新聞報導中經常看到此用法。請想像參選者就像是在滾輪中奔跑的倉鼠，看似匆忙且動作不間斷，就很容易記得住了。

❸「流動」

從 **run** 的「不斷轉動」的意象而來，就像流水一樣不會停止，因此可衍生為「流動」的意思，因此可用來表示「水」、「河川」、「眼淚」、「血液」等的流動。

The Shinano River runs from the Japanese Alps to the Sea of Japan.

信濃川從日本阿爾卑斯山脈流至日本海。

信濃川的水「不斷」流入日本海的意象。

連續劇等「連續上演很長一段時間」就可以用 long-running 來形容，因為這也是「不斷流動」的意象。

❹「運行，運作」

「（電車等的引擎）不斷運轉」→「運行」；「（機械等）不斷轉動」→「運轉」。比方說，這班列車沒有「行駛」到這裡，就可以用 run 這個動詞。

The train has stopped running
due to the typhoon.
因為颱風來襲，這班列車已停止營運。

due to 是介系詞，表示「因為～」。

❺「經營」

最後，來介紹 run 表示「經營」的意思，是個及物動詞。

He runs **a dry-cleaning store.**
他經營一間乾洗店。

「讓公司的營運像流水一樣不斷運作」→ 成為「經營」。倉鼠拼命轉著滾輪奔跑的模樣，似乎和處理店務的模樣有異曲同工之妙。

試著用 run 來表達吧！

【參賽，競選】

After the scandal, the politician didn't resign, but he announced that he would not run for re-election.

這樁醜聞事件之後，那名政客沒有辭職，但他宣布不再競選連任。

＊resign 是「辭職」的意思，run for re-election 是「競選連任」。都是新聞或報紙上常看到的用語。

【流動】

Tears ran down his cheeks.

眼淚沿著他的臉頰流了下來。

＊run down 本來是「跑下來」的意思，也可以用來表示「流」眼淚。

【運行・運作】

This Bluetooth speaker runs on batteries.

這個藍芽喇叭是靠電池供電來運作的。

＊run on batteries 表示「靠電池運作」的意思。附帶一提，這個 on 是「靠著～」的意思，就像 depend/rely on 的 on。

think

英文裡的 **think** 主要的含意是「（不管別人怎麼想）我個人認為～」，儘管可能自己不是很確信，但基本上它是個用來陳述個人想法或意見的動詞。

think

創作者 Asami 常讓人感覺自我主張很強。實際上她「完全只是陳述個人的意見罷了」，她並不是個高調的女子。今天，她還是自我感覺良好。

＊參照 p.150「想，認為」

think 的概念是「有自己的想法」

think 這個動詞常用於「人 + think that...」（某人想／認為～）的句型，但 think 的意思並不只有這樣。法國知名雕刻家奧古斯特・羅丹的代表作之一「沉思者」銅雕，它的英文名就是 The thinker。也就是說，think 也有「思考，深思熟慮」的意思。

以下說明其 **3** 個主要意含，包含 **think** 於否定句的用法。

❶「想」

首先，**think** 是「想」的意思。也就是，「完全只是個人的意見」的含意，經常用來表達「自己的意見」。

I think he will be an excellent addition to the team.

* addition 追加，外加的人（生力軍）

我想他會是這個團隊一位非常優秀的生力軍。

如同以上例句，**think** 後面經常伴隨著「**that** 子句」，其句型是「**S + think (that) sv**」（例句中 **that** 可省略）。

附帶一提，以上例句的直譯是「我認為他將是這個團隊一位非常棒的、另外追加的人」，也可以解釋為「我認為他加入本團隊將會是很棒的事」。

如前所述，英文的 **I think...** 有「不管別人怎麼想，但就我個人的意見是…」的含意。因此，在稱讚對方時，在大多數的狀況中，最好不要用 **I think**。例如，稱讚對方的髮型時，說 I think your new hairstyle looks nice. 的話，有著「不知道別人是怎麼想的，但就我個人的想法是，你的新髮型很棒。」的含意，對方也許不會覺得太開心。像這樣的

場合，可以直接的說 I like your new hairstyle.（我喜歡你的新髮型。）反而比較恰當。

❷ I don't think（否定用法）

接著，介紹 think 用於否定句時的表達。如果想說「我認為他長得不高。」時，以下哪一句哪的表達較自然呢？

> ❶ I think that he's not tall.
> ❷ I don't think that he's tall.

如果將中文的「我認為他並不高。」直接翻成英文的話，❶ 似乎比較貼切，但其實母語人士都是用 ❷ 的說法，因為這句可以避免說出 he's not tall（他不高）的直接否定語句，將 not 移到前面，以 I don't think... 來表現比較好。

❶和❷幾乎是相同的意思，但幾乎所有母語人士會用 ❷。

記住 I don't think... 這樣的說法，便能掌握更自然的說法。

❸「思考，深思熟慮，檢討」

最後是「思考，深思熟慮，檢討」的意思。「（有意識地用腦去）思考」→ 成為「思考，深思熟慮，檢討」。就像一開頭提到的「沉思者」（The thinker）表示「深思熟慮的人」。

I'm thinking about how to persuade her to work with us.
我正思考著如何說服她和我們一起合作。

表示「思考，深思熟慮，檢討」的 think 常用於「be thinking about/of...」的進行式用法中（think about、think of 的意思差不多）。進行式（be＋V-ing）是「正在做～」的意思。「正在思考中」、「正在檢討中」等句子經常以「be＋V-ing」來表現。

試著用 think 來表達吧！

【想，認為】

What do you think about my haircut?

你覺得我的髮型如何？

＊What do you think about...? 是「你認為～如何？」的意思，經常用於詢問「想法」或「印象」的場合。小心可別被中文的「如何～」誤導而說成 How do you think...?。

> about 可以用 of 替換，用 What do you think of...？也是相同的意思。

【思考，深思熟慮，檢討】

I've been thinking about how to get into better shape.
＊get into better shape 塑身，變苗條

我一直在思考著如何塑身。

＊表示「思考中」。have been -ing 的句型稱為「現在完成進行式」，用於強調「從過去一直到現在還～」。

【思考，深思熟慮，檢討】

A　I'm thinking of a color beginning with the letter p."

　　我一直在想著一個 p 開頭、表示顏色的字。

B　Is it purple?"

　　是 purple（紫色）嗎？

＊這是在玩遊戲時的對話。因為「現在腦子裡面正在思考著」，所以用現在進行式。

try

中文的「試吃」、「試喝」、「試穿」、「試駕」…等，所有與「嘗試」有關的行為都可以用 **try**，是個很好用的動詞。此外，它還有「嘗試過～（但失敗）」的含意。

try

橄欖球選手。朝著夢想與目標衝啊！每天都抱持著熱切的心不斷嘗試。可是，「雖然試著去做～還是失敗了！」，像這樣最終還是沒有結果的事，已經是司空見慣了。他的座右銘是「什麼都要踹踹看！」

＊參照 p.156「試試看（挑戰）」

try 的概念是「什麼都試試看」

橄欖球賽的規則很複雜，應該有不少人聽說過有「try 達陣」這種得分方式。「try 達陣」是以球觸碰對方的球門區域（grounding），可以得到 5 分的方法。其實在過去的規則裡，光是以球觸地還不能得分，只是給予「try 嘗試」踢球門的機會。**像這樣「挑戰」某事，也是 try 的一種概念。**

就像是橄欖球球員果敢地嘗試（try）一樣，**這是面對各種挑戰的意象。以下就來掌握 try 這個動詞吧。**

❶「試試看（挑戰）」

首先，try 的意思是「試試看」。 可以讓你去 try 看看的對象，可能是「食物、飲料、衣服…」等。

如果有機會推薦日本料理給外國人，可以試著說出下面這句。

> **You should try *sashimi*. It's delicious.**
> **你該試試生魚片的。很美味的。**

像這樣，向某人說「嘗試～看看如何？」的時候，可以用 try。

附帶一提，英文裡的 challenge 主要是用來表示「挑釁對方；與人唱反調」，如果要表示「今年要挑戰○○」時，要用 try，可以說「I'll try ○○!」。

以下對話，是在國外旅行時很常遇到的情境。

客人	**Where can I try on this dress?**
	我可以在哪裡試穿這件洋裝？
店員	**There's a fitting room over there.**
	那裡有試衣間。

　　try on 是「試穿」的意思。**「try on + 衣服」→「試穿衣服」**，是很常見的用法。就像 **put on**（穿），用介系詞 **on**。但 put 和 try 是不一樣的概念。

❷「嘗試去做～（但沒有或不確定會不會成功）」

　　try to-V 表示「嘗試要去做～」。如果用過去式，表示「嘗試要做的事沒有成功」，如果用現在或未來式，表示「（現在才要）嘗試去做～」，所以不確定是否會成功。

He tried to break the world record.

他試過要打破世界紀錄（但沒成功）。

　　此句要表達「（當時）很想打破世界紀錄」的勇敢挑戰意象，就像橄欖球員拼命奔跑的模樣。

> break the world record 是「破世界紀錄」的意思。

　　此外，**try** 後面接不定詞（**to-V**）時，因為 **to-V** 的概念就是「後發生的動作」，因此這項嘗試還不知道能不能成功，在「雖然想要～，卻沒

成功」的情境中，經常用到。

She tried to connect to the hotel's Wi-Fi, but she didn't know the password.

她試過要連上飯店的 Wi-Fi，
但是她不知道密碼。

就像以上這個例句，「try to-V」搭配 but 使用：try to..., but...（試著要～但～）也是很常用到的句型。

❸「（實地去）嘗試～（某種方法）」

「try + V-ing」表示「（實際上正在）試著做～」的意思。與 ❷ 的 try to-V 不同的是，V-ing 的概念是「同時進行的動作」。

She tried baking a cake without using flour.

她嘗試著不用麵粉來烤蛋糕。

實際上她確實做了「烤蛋糕」這件事，所以這意思也包含「實際烤出了蛋糕」在內。

試著用 try 來表達吧！

【試試看（挑戰）】

You should try bungee jumping. What a thrill!

你應該嘗試一下高空彈跳。非常刺激！

＊這是「try + 名詞（活動）」（嘗試～看看）的用法。附帶一提，「What a + 名詞」是「感嘆句」的一種，表示「多麼～呀！」。

【試試看（挑戰）】

Some people are put off by the idea of eating eel, but you really should try *unagi no kabayaki*. It's out of this world.

雖然有些人一想到吃鰻魚就會感到抗拒，但你真的應該試試蒲燒鰻。它超好吃的。

＊這是「try + 名詞（食物）」（嘗試吃～）的用法。附帶一提，put off 的受詞如果是人，表示「使～反感」；out of the world 意思是「不同凡響的」。

【嘗試去做～（但沒有或不確定會成功）】

He tried to read the sign but it was too far away.

他試圖要看那個標示，但實在是太遠了。

＊過去式 tried 表示「沒有成功」的嘗試。在此表示，因為太遠，所以無法看清楚。

台灣廣廈國際出版集團
Taiwan Mansion International Group

國家圖書館出版品預行編目（CIP）資料

1本就通 國中英文關鍵字 用法零失誤/關正生、煙草谷大地著；
洪嘉穗譯. -- 初版. -- 新北市：國際學村出版社, 2023.02
　　面；　　公分
ISBN 978-986-454-260-4（平裝）
1.CST：英語 2.CST：動詞

805.165　　　　　　　　　　　　　111019847

◉ 國際學村

1本就通 國中英文關鍵字 用法零失誤
用圖鑑輕鬆搞懂關鍵動詞，一次學會再也不用錯！

作　　　者／關正生、煙草谷大地	編輯中心編輯長／伍峻宏・編輯／徐淳輔
翻　　　譯／洪嘉穗	封面設計／張家綺・內頁排版／菩薩蠻數位文化有限公司
	製版・印刷・裝訂／皇甫・秉成

行企研發中心總監／陳冠蒨　　　　線上學習中心總監／陳冠蒨
媒體公關組／陳柔彣　　　　　　　產品企製組／顏佑婷
綜合業務組／何欣穎

發 行 人／江媛珍
法 律 顧 問／第一國際法律事務所 余淑杏律師・北辰著作權事務所 蕭雄淋律師
出　　　版／國際學村
發　　　行／台灣廣廈有聲圖書有限公司
　　　　　　地址：新北市235中和區中山路二段359巷7號2樓
　　　　　　電話：（886）2-2225-5777・傳真：（886）2-2225-8052

代理印務・全球總經銷／知遠文化事業有限公司
　　　　　　地址：新北市222深坑區北深路三段155巷25號5樓
　　　　　　電話：（886）2-2664-8800・傳真：（886）2-2664-8801
　　　　　　網址：www.booknews.com.tw（博訊書網）
郵 政 劃 撥／劃撥帳號：18836722
　　　　　　劃撥戶名：知遠文化事業有限公司（※ 單次購書金額未達1000元，請另付70元郵資。）

■出版日期：2023年02月
ISBN：978-986-454-260-4　　　版權所有，未經同意不得重製、轉載、翻印。